Melinda Metz
wuchs im kalifornischen San Jose auf und lebt heute in Los Angeles. Bevor sie begann als freie Schriftstellerin zu arbeiten, war sie als Drehbuchautorin für verschiedene Fernsehserien tätig. Spätestens seit ihrer Zusammenarbeit mit R. L. Stine hat sie eine Vorliebe für spannungsgeladene Texte, in denen übernatürliche Phänomene eine tragende Rolle spielen.

FINGER PRINTS

MELINDA METZ

Tödliche Gedanken

Übersetzt aus dem amerikanischen Englisch
von Dorothee Haentjes

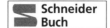

Die Deutsche Bibliothek – CIP-Einheitsaufnahme

Ein Titeldatensatz für diese Publikation ist bei
Der Deutschen Bibliothek erhältlich

Der Schneider Verlag im Internet:
www.schneiderbuch.de

© 2002 by Egmont Franz Schneider Verlag GmbH, München
Alle Rechte vorbehalten
© 2001 by 17th Street Production, a division of Daniel Weiss Associates,
Inc., New York, and Melinda Metz
Published by arrangement with HarperCollins*Children's*Books,
a division of HarperCollins Publishers, Inc.
Vermittelt über die literarische Agentur Thomas Schlück GmbH,
Garbsen
Originaltitel: *Gifted Touch*
Übersetzung: Dorothee Haentjes
Umschlaggestaltung: Hilden Design
Herstellung/Satz: FIBO Lichtsatz GmbH, Unterhaching
Druck/Bindung: Westermann Druck Zwickau GmbH, Zwickau
ISBN 3-505-11848-6

02 03 / 8 7 6 5 4 3 2

Prolog

Rae Voight betrachtete eingehend ihre Palette. Dann tauchte sie den Pinsel in das dunkle Violett. Sie nahm kaum wahr, dass es klingelte und ihre Mitschüler aus dem Kunstkurs zur Tür stürzten.
„Ich muss hinüber in die Cafeteria. Ich habe heute Aufsicht", sagte Mrs O'Banyon zu Rae, als sie vor ihrer Staffelei stehen blieb. „Aber wenn du willst, kannst du hier bleiben und weitermalen. Ich finde, das Bild wird sehr gut."
Rae sah gar nicht auf. Sie antwortete ihrer Lehrerin nur mit einem leisen Grunzen, während ihr Pinsel weiter über die Leinwand flog. Rae befand sich in der „Zone", einem Ort, wo sie an Stelle von Blut Elektrizität in den Adern zu haben glaubte. Niemand durfte jetzt von ihr erwarten, dass sie sprach. Und ebenso sollte niemand erwarten, dass sie etwas anderes tat als malen. Sie fuhr wieder mit dem Pinsel über die Palette und tauchte ihn tief in die Ölfarbe, deren Geruch beißend in ihre Nase stieg. Dann bewegte ihre Hand den Pinsel weiter über die Leinwand. Schneller. Und schneller.
So! Fertig! Rae stieß einen langen, bebenden Seufzer aus, trat einen Schritt von der Staffelei zurück und betrachtete

ihr Werk. Sie hatte die Schrift wie in einem altmodischen Märchenbuch malen wollen – mit schnörkeligen Buchstaben und vielleicht einem Hauch Gold an den Rändern. Aber wenn sie in der „Zone" war, hatte ihre Hand ihren eigenen Willen, und die Wörter waren ihr wie ein Psycho-Mörder-Gekrakel aus dem Pinsel geflossen. „Vor langer, langer Zeit, als Mensch und Tier noch in den Wäldern lebten ..."

Aber immerhin passt diese Schrift zum restlichen Bild, dachte sie. Als Mrs O'Banyon der Klasse die Aufgabe gestellt hatte, eine Landschaft zu entwerfen, hatte Rae eigentlich eine Art Märchenwald malen wollen. Mit ganz großen Blumen.

Die Blumen gab es auch jetzt noch. Aber irgendwie sahen sie nicht nur aus, als wären sie besonders groß und kräftig geraten: Sie wirkten wie beseelt und als ob sie nach noch mehr Größe und Kraft gierten. Eine der Blumen hielt in den Tiefen ihres taubenetzten Blütenkelches eine Taube gefangen. Und die Wurzeln einer anderen hatten sich um etwas geschlungen, das wie das schlanke Bein eines Rehkitzes aussah.

„Hey, Rae! Findest du es eigentlich besonders schlau, Marcus allein in der Cafeteria sitzen zu lassen?", rief ihr eine vertraute Stimme von der geöffneten Tür des Kunstraums her zu. „Ich meine, er ist immerhin Marcus Salkow."

Rae warf schnell ein Tuch über ihre Leinwand und sah dann zu Lea Dessin hinüber. Lea war zwar ihre beste

Freundin, trotzdem legte Rae keinen Wert darauf, dass sie dieses Bild zu sehen bekam. Lea würde es irgendwie komisch finden. Und alles, was irgendwie komisch war, konnte Lea nicht besonders ausstehen.
„Ich würde Marcus sogar allein in der *Playboy*-Zentrale lassen", gab Rae zurück. Sie tauchte ihren von Farbe verklebten Pinsel in eine mit Wasser gefüllte Kaffeedose, dann begann sie das große weiße Hemd aufzuknöpfen, das sie ihrem Vater gemopst hatte und das sie beim Malen immer trug.
„Ach so – na klar. Im Gegensatz zu mir hast du ja jetzt einen Busen bekommen, und die Jungen können dir einfach nicht mehr widerstehen. Das hatte ich ganz vergessen", zog Lea sie auf. Und dann, typisch Lea, kam sie plötzlich herein, ging auf die Staffelei zu und griff nach dem Tuch.
„Deine Brüste sind völlig in Ordnung", antwortete Rae und hoffte Lea damit abzulenken. Lea konnte nämlich ohne Weiteres stundenlang und pausenlos ihre Brüste und andere Teile ihres Körpers durchdiskutieren, zum Beispiel ihre frustrierend glatten schwarzen Haare oder den unattraktiven Schwung ihrer Taille zur Hüfte. Das konnte manchmal ziemlich nervtötend sein, vor allem angesichts der Tatsache, dass sie trotz all ihrer Klagen einfach super aussah: Schlank, mit einem engelhaften Gesicht – hohe Wangenknochen, rundes Kinn und eine kerzengerade Nase – und wunderschönem Haar.
Aber diesmal biss Lea nicht an. Sie zog das Tuch herab und

betrachtete das Bild. Rae fühlte, wie sich ihr Magen auf Tablettengröße zusammenzog. Bei Bildern wie diesem hatte Rae manchmal das Gefühl, als lebte in ihr eine andere Person ... Eine Person, die durch und durch die Tochter ihrer Mutter war.
Rae nahm Lea das Tuch aus der Hand und hängte es wieder über die Leinwand. „Komm. Ich bin schon halb verhungert. Du nicht?" Sie schob Lea aus dem Kunstraum, wobei sie ihr Mal-Hemd auf einen der Haken neben der Tür hängte. Dann gingen sie den Flur entlang.
„Guck mal, was Kayla Carr wieder anhat", sagte Lea leise. Sie deutete mit dem Kinn zu Kayla, die einen unvorteilhaften Ich-will-unbedingt-cool-aussehen-70er-Jahre-retro-Look trug und gerade in der Mädchentoilette verschwand. „Vielleicht sollten wir mal zusammenlegen und ihr eine Taschenlampe kaufen. Sie zieht sich anscheinend im Dunklen an."
„Sieht so aus", stimmte Rae zu, spürte dabei aber einen Hauch von schlechtem Gewissen. *Ist schon okay*, beruhigte sie sich selbst. Kayla hatte es nicht anders verdient. So schwierig war das mit dem Klamottenaussuchen nun wirklich nicht! Man musste nur ein paar Zeitschriften durchblättern und aufpassen, was die Außenseiterinnen und nicht angesagten Mädchen trugen. Rae war eigentlich auch nicht Miss Modepüppchen. Sie hätte sich in einem farbverschmierten Sweatshirt und mit einem Pferdeschwanz, der ihre rotbraunen Haare zusammenhielt, genauso wohl ge-

fühlt – wenn nicht wohler. Aber sie war schlau genug, um zu wissen, dass das nicht ankam. In jenem kritischen Sommer, als sie nach der sechsten Klasse auf einer staatlichen Schule in die siebte Klasse einer Privatschule gewechselt hatte, hatte sie eine komplette Wandlung vollzogen. Zuerst die grundlegenden Dinge: Kleidung, Haare und Make-up, und schließlich den Namen. Sie war als Rae in die siebte Klasse eingetreten, und nicht mehr als Rachel. Weil Rae außergewöhnlicher klang und weil es irgendwie cool war, wenn man als Mädchen einen Namen trug, der wie ein Jungenname klang.

Gleich am ersten Tag hatten Rae und Lea sich angefreundet. Lea war in diesem Jahr ebenfalls neu gewesen. Rae war froh, dass Lea nicht die leiseste Ahnung von der ziemlich kindischen Rachel hatte, dem Mädchen, das auf jede Arbeit, die es abgegeben hatte, Einhörner gemalt hatte. Einhörner mit Namen wie Flirtalina und Fabulosa.

„Erzähl doch mal von gestern Abend", meinte Lea, während sie an dem Wandgemälde vorüberliefen, das vom Schulsekretariat bis zur Cafeteria reichte. „Du und Marcus – ihr wart ja eine ganze Weile von der Party verschwunden." Sie stieß Rae mit dem Ellbogen an.

„Schon mal den Begriff ‚Privatsphäre' gehört, Lea?", antwortete Rae.

Lea strich sich ihr kinnlanges, kerzengerades schwarzes Haar aus dem Gesicht. „Ich will ja nur eins wissen – habt ihr alle Kleider anbehalten?"

„Ja. Und mehr verrate ich nicht", antwortete Rae. Sie schwenkte in Richtung Schließfächer, die dem Wandgemälde gegenüber lagen, auf dem all die fabelhaften Dinge dargestellt waren, die auf Grund ihrer hervorragenden Ausbildung vor den Absolventen der Sanderson-Schule lagen.

Aber heute nahm Rae die Gesichter der zuversichtlichen und höchste Erfolge versprechenden Schulabgänger gar nicht wahr. Ihr Kopf wurde von Erinnerungen an den Abend mit Marcus durchflutet. An jenen Moment, als Marcus' Hand unter ihr Hemd geglitten war und sie das Gefühl gehabt hatte …

„Wolltest du da etwas herausholen? Oder wolltest du dein Schließfach nur von außen bewundern?", fragte Lea und schreckte Rae dadurch aus ihren Gedanken.

Eine Hitzewelle kroch Raes Nacken empor. *Nimm irgendwas raus*, befahl sie sich selbst. Sie griff nach ihrem Schloss, und in diesem Moment fiel ihr Ordner zu Boden. Als sie sich bückte, um ihn aufzuheben, hatte sie plötzlich das Gefühl, dass ihre Knie, die durch den kurzen geistigen Ausflug zu Marcus weich geworden waren, sie nicht mehr hielten. Darum stützte sie sich mit einer Hand an Amy Shapiros Schließfach ab.

/ **Bitte, bitte, bitte! Ich muss den Physiktest bestehen** /

Rae schreckte zurück. Warum in aller Welt hatte sie das gedacht? Sie hatte Physik ja noch nicht mal gewählt. Trotzdem begann der kleine Nerv am Winkel ihres Augenlids genauso zu zucken, wie er es immer tat, wenn sie Angst vor einem Test hatte, auf den sie nicht vorbereitet war. Normalerweise war sie nämlich lieber vorbereitet.

„Alles okay?", fragte Lea mit einem Anflug von Ungeduld in ihrer Stimme.

„Ja, schon gut." Rae nahm den Ordner, richtete sich auf und stellte den Nummerncode ihres Schlosses ein. „Ich wollte nur schnell den Lippenstift holen, den ich mir vor Französisch von Jackie geliehen habe." Sie öffnete das Fach und nahm den Lippenstift aus der kleinen Ablage im oberen Teil.

/ *Rae hält sich wohl für was ganz Besonderes* /

„Was?", fragte Rae.

„Wie – was?", fragte Lea und zog eine ihrer perfekt gezupften Augenbrauen in die Höhe.

„Nichts, ich dachte nur ..." Rae verstummte. Was sollte sie denn sagen? *Ich dachte nur, ich hätte jemanden eine gemeine Bemerkung über mich machen hören, habe dann aber gemerkt, dass ich mir die gemeine Bemerkung über mich selbst gedacht habe?* Sie schlug die Schließfachtür zu und ließ das Schloss einrasten. „Schon gut. Gehen wir." Rae ging Richtung Cafeteria. Als sie an die schwere Doppeltür kamen, drückte sie sie mit beiden Händen auf.

/ *Wenn Andreas nur ein einziges Wort sagt* / **wieder dieser Pickel** / *hoffentlich mit Peperoni* / **um halb fünf muss ich** /

Ein Sprudelbad von Gefühlen durchflutete sie – Ärger,

Angst, Ahnung – und Raes Herz begann heftig in ihrer Brust zu pochen. Sie hatte kein Problem mit Pickeln. Peperoni hatte sie noch nie gemocht. Und dieser Andreas ... Rae kannte überhaupt keinen Andreas! Woher stammten nur diese bizarren Gedanken – Gedanken und *Gefühle?*

Sie versuchte die Antwort auf diese Frage zu unterdrücken. Aber sie brach so machtvoll in ihr Hirn, dass Rae die Wucht im ganzen Körper spürte.

Hatte es bei ihrer Mutter vielleicht auch so begonnen? Mit Gedanken und Gefühlen, die nicht ihre eigenen zu sein schienen? Würde Rae am Ende auch in einer Irrenanstalt landen? Würde sie dort vielleicht auch sterben, wie ihre Mutter ...?

„Wartest du auf den Applaus der Menge, oder was?", fragte Lea und versetzte Rae einen leichten Stoß.

Rae merkte, dass sie wie angewurzelt stehen geblieben war und eine Hand auf ihre Brust drückte, als wollte sie ihren Herzschlag beruhigen. So lässig wie möglich versuchte sie den Arm wieder herabsinken zu lassen. „Ich wollte nur allen die Gelegenheit geben, meine neuen Schuhe zu bewundern", antwortete sie und war über ihre Stimme erleichtert. Sie klang klar – und vernünftig.

Rae streckte den Fuß vor und drehte ihren Knöchel hin und her, sodass sich die Perlen an ihrem Jeans-Clog bewegten. Obwohl sie das bei dem Zittern, das sie in den Beinen hatte, wohl ohnehin getan hätten. *Siehst du,* sagte sie zu sich selbst, *es ist alles in Ordnung. Wenn du wirklich verrückt wür-*

dest, könntest du es gar nicht verbergen. Das heißt also, du wirst nicht verrückt.

Rae durchquerte die Cafeteria und ging zu der Maschine, die gefrorenen Jogurt zubereitete. Sie nahm einen Jumbobecher, stellte ihn unter die Vanille-Düse und zog am verchromten Griff.

/ Ich kann ja das Abendessen ausfallen lassen und mich gleich auf den Hometrainer schwingen /

Ein schlagartiger Schwindel ließ kleine helle Pünktchen vor ihren Augen aufblitzen. Rae schloss die Lider. „Moment mal, ganz langsam. Ich habe doch noch nie auf einem Hometrainer gesessen."

„Was ist?", fragte Lea, während sie nach einem der billigen Plastiklöffel griff.

Rae hielt ihre Augen noch einen Moment geschlossen, dann zwang sie sich, sie wieder zu öffnen. Sie nahm den üblichen Anblick der Cafeteria in sich auf: die hohen Fenster, durch die man auf die supergepflegten Rasenflächen hinaussehen konnte, die Spruchbänder, die die Cheerleading-Mannschaft angefertigt hatte, die immer selben Gruppen von Leuten, die an den immer selben abgewetzten Holztischen saßen, aßen, redeten, lachten, lästerten, lernten, flirteten – und sich ganz normal benahmen. *Alles ist völlig normal*, sagte Rae zu sich selbst. *Und du bist es auch.*

„Ich habe dich nicht verstanden", sagte Lea.

„Ich habe ... äh ... ich habe nur mit mir selbst gesprochen", antwortete Rae.

„Jetzt geht's aber los", sagte Lea. Sie platzierte vorsichtig ihren Becher auf der vorgesehenen Markierung und zog dann am Hebel der Maschine, die einen lockeren Berg gefrorenen Jogurts produzierte.

„Du hast Recht. Jetzt geht's wirklich los", stimmte Rae schnell zu und zwang sich ein Lächeln ab. Sie sagte sich, dass Lea nicht absichtlich so gemein war. Sie hatte ja keine Ahnung von Raes Mutter. Lea war ihre beste Freundin. Keine Frage. Aber wenn Rae Lea die Wahrheit erzählen würde, würde diese ab sofort mit einer hochexplosiven Bombe herumrennen, die sie gegen Rae einsetzen konnte, wann immer sie wollte. Rae hatte keine Lust, irgendjemandem eine solche Waffe gegen sie in die Hand zu geben. Niemals!

Lea schnappte sich eine Hand voll Servietten und ging zu ihrem gemeinsamen Lieblingstisch. Rae nahm noch einen Plastiklöffel aus einem der Metallbehälter, dann folgte sie ihr, voller Anspannung auf das nächste Mal, wenn sie ... Sie scheute sich, dem Phänomen, das ihr begegnet war, einen Namen zu geben.

Aber was immer es auch gewesen sein mochte – es kam nicht. Während sie Lea zu ihrem Lieblingstisch nachging, kam ihr das Flüstern ihrer Gedanken völlig ... normal vor. Es waren ganz normale Rae-Gedanken.

Was immer das auch Merkwürdiges gewesen sein mag, es ist jedenfalls vorbei, sagte sie zu sich selbst. Sie sah zu Marcus hinüber. Es machte ihr Spaß, ihn zu beobachten, ohne dass er es merkt. Sie bekam dann Lust, einen Pinsel zu nehmen und die Silhouette seiner langen Beine einzufangen, oder all die Schattierungen, von Weizenblond bis Cremeweiß, seines kurz geschnittenen Haares, die perfekte Form seines Mundes und überhaupt alles.

Als ob er spürte, dass sie ihn beobachtete, sah Marcus auf. Seine grünen Augen begegneten ihrem Blick. Sobald sie in Reichweite war, fasste er sie um die Taille und zog sie neben sich auf die Bank. Rae gab ihm einen raschen Kuss. Ihre Lippen berührten sich nur eine Sekunde lang, aber das reichte schon, um all das wieder wachzurufen, was sie gefühlt hatte, als sie während der Party am Abend vorher auf dem Bett gelegen hatten, und um ihr das Blut durch den ganzen Körper schießen zu lassen.

„Meine Eltern gehen nach der Arbeit auf eine Cocktailparty. Wir haben das Haus also heute Abend für uns", flüsterte Marcus ihr ins Ohr. Sie spürte seinen heißen Atem an ihrem Ohrläppchen, während er auf ihre Antwort wartete.

Nur – was sollte sie ihm antworten? Rae hätte gern mehr von diesem Gefühl der letzten Nacht gehabt, als sie sich von der Party weggestohlen hatten. Aber mehr davon oder gleich das komplette Programm – das waren doch zwei verschiedene Dinge.

„Leider muss ich heute Abend meinem Vater zu Hause helfen", log Rae. „Bei uns findet ein Fakultätstreff statt, und ich soll Kellnerin spielen. So eine Art Frühjahrs-Semester-Abschluss, weißt du?"

Marcus nickte. Aber sein Lächeln erlosch. Er sah weg und wandte sich wieder seinem Essen zu. Super! Jetzt dachte er wahrscheinlich darüber nach, wieso er sich auf so eine unreife Freundin eingelassen hatte, die einfach nicht locker genug war und ...

„Hey, Rae, hast du an meinen Lippenstift gedacht?", fragte Jackie von der anderen Seite des Tisches.

„Ich hab ihn dabei." Rae wühlte in ihrer großen Strohtasche herum, bis ihre Finger auf den Stift stießen.

/ **Rae hält sich für was ganz Besonderes** /

Der Gedanke verursachte ihr einen bitteren Geschmack im Mund. Eine Mischung aus herbem Gefühl und gefrorenem Jogurt. Das war bestimmt nicht das, was sie selbst von sich dachte! Diesmal war sie sich sicher! Es war von irgendwo anders hergekommen. Aber ...

„Kann ich ihn jetzt vielleicht wiederhaben?", fragte Jackie laut.

„Was? Oh ja, klar." Rae merkte, dass sie in einer Art Bildunterbrechung gesteckt hatte und auf den Lippenstift in ihrer Hand starrte. Sie warf ihn Jackie zu, die ihn gekonnt auffing, wobei ihr hellgrüner Nagellack im Neonlicht schimmerte.

Na gut. Dann war der verrückte Zauber – diesmal musste sie dem Phänomen einen Namen geben – doch noch nicht vorüber. *Halt durch,* ermutigte Rae sich selbst. *Lass dich nicht unterkriegen.*

Sie zwang sich, ein wenig Jogurt zu essen. Das war das, was

die, deren Zurechnungsfähigkeit nicht zur Debatte stand, jeden Mittag taten. Sie aßen.

„Könntest du mir bitte mal das Salz herüberreichen?", fragte Vince Deitz von Leas anderer Seite. Er lächelte Rae an und gestattete ihr dadurch einen Blick auf seinen abgebrochenen Frontzahn.

„Kein Problem", antwortete Rae. Sie konnte Jogurt löffeln. Sie konnte das Salz herüberreichen. Überhaupt kein Problem. Sie griff nach dem gelben Plastikstreuer und ...

/ **Bestimmt bekomme ich eine Fünf in der Spanischarbeit, vielleicht sogar eine Sechs** /

... drückte ihn Vince in die Hand. Ihr Lid begann wieder zu zittern, und sie rieb sich heftig die Augen. *Hör auf! Hör bloß auf! Du hast überhaupt kein Spanisch! Darum kannst du dir auch keine Gedanken über eine Fünf machen.*

Ihre Augen wurden feucht, und sie fühlte, wie ihre Wimperntusche verlief. Das Lid zitterte trotzdem weiter. Ein kleiner Nerv auf der einen Seite ihrer Nase zitterte auch. Und einer an ihrer Unterlippe ebenfalls.

Niemand kann es sehen, sagte Rae sich. *Du spürst es zwar, aber niemand kann es sehen. Also halt durch! Iss noch ein paar Löffel Jogurt, dann kannst du aufstehen und ganz gelassen zur Toilette gehen. Von da aus kannst du auch nach Hause gehen, wenn es sein muss. Aber im Moment: Halt durch!*

„Weinst du?", fragte Jackie.

„Natürlich nicht", zischte Rae. Sie hatte vergessen, dass die zitternden Nerven nicht ihr einziges Problem waren.

Wahrscheinlich reichte ihr die Wimperntusche schon bis zum Kinn. „Ich habe nur etwas ins Auge bekommen." Wie zum Beispiel ihre eigenen blöden Finger. Warum hatte sie auch so heftig gerieben? Rae langte über den Tisch und zog den Serviettenhalter aus Metall zu sich heran.
/ **Meine Mutter weiß, dass ich** /
„Meine Mutter weiß überhaupt nichts!", platzte Rae heraus. „Meine Mutter ist tot!"
Am Tisch wurde es still.
Raes Herz klopfte so heftig, dass es ihr in den Ohren dröhnte. Das winzige Zittern in ihrem Augenlid, an ihrer Nase und der Lippe begann im Takt dieses Donnerns mitzuzucken. „Entschuldigung, ich ... äh ... Entschuldigung." Was hätte sie sonst auch sagen sollen? Es gab ja keine vernünftige Entschuldigung.
„Schon gut", meinte Lea. „Keine Ursache."
Rae zog eine Serviette aus dem Halter und begann ihr tränendes Auge zu betupfen. Das verhinderte allerdings nicht, dass sie sah, wie der ganze Tisch – alles, was an der Schule Rang und Namen hatte – sie immer noch anstarrte. Und Lea sah trotz ihres „Keine Ursache" ziemlich abweisend aus.
Weil sie es weiß, dachte Rae. *Sie alle wissen es. Darum starren sie mich so an. Sie sehen es kommen. Sie sehen, dass ich so werde wie sie – wie meine Mutter.* Ihr Atem kam jetzt in kurzen Stößen, als schrumpften ihre Lungen zusammen. Als schrumpfte ihr ganzer Brustkorb zusammen.

Rae rappelte sich mühsam auf. Der Serviettenhalter fiel zu Boden. Automatisch kletterte sie über die Bank, bückte sich danach und hob ihn auf.

/ **Meine Mutter wird mich umbringen** /

„Warum redet ihr die ganze Zeit von meiner Mutter? Habt ihr mich nicht verstanden?", kreischte Rae los. Jetzt blickte die ganze Cafeteria auf. Es wurde geflüstert. Bestimmt sagten sie, dass sie sei wie ihre Mutter. Rae war sich ganz sicher.

Ein Nerv auf ihrem Handrücken begann im Takt mit den anderen Nerven zu zucken. Rae stieß einen angewiderten Laut aus und schleuderte den Serviettenhalter von sich. Er hüpfte zweimal über den Linoleumboden. Niemand schenkte ihm auch nur einen Blick. Alle starrten weiter nur sie an. Weil sie die Wahrheit wussten!

Marcus sprang auf und kam zu ihr.

„Nein!", schrie Rae. „Lass mich in Ruhe! Ihr alle! Ihr sollt mich in Ruhe lassen! Ich weiß nicht, was ich tue, wenn ihr näher kommt!" Sie versuchte Atem zu holen, aber ihre Rippen fühlten sich an, als hätten sie sich wie ein kleiner, enger Käfig um ihre Lungen geschlossen. Und ihr Herz – wie konnte es so heftig schlagen, ohne zu explodieren?

„Rae, ich bin's doch nur. Marcus", sagte er. Zögernd kam er einen Schritt näher.

„Lass mich in Ruhe!", schrie Rae gehetzt. Sie sah, dass Mrs O'Banyon auf sie zukam. „Sie auch! Alle sollen mich in Ruhe lassen. Ich will niemanden verletzen."

Wie es ihre Mutter getan hatte.

Marcus wich gehorsam zurück. Mrs O'Banyon blieb stehen, wo sie war, und streckte eine Hand nach Rae aus. Alle anderen starrten sie nur an. Weil sie es sehen konnten. Weil sie die Wahrheit sehen konnten.

Sie wussten, dass Rae verrückt geworden war.

KAPITEL  EINS

„Brauchst du noch etwas für die Schule morgen?", fragte Raes Vater, während sie mit genau fünfundfünfzig Meilen pro Stunde über die Schnellstraße fuhren. „Wir könnten nach deinem – äh – Termin schnell im Einkaufszentrum vorbeifahren. Ich könnte dir für – sagen wir – zwölf bis dreizehn Minuten meine Kreditkarte überlassen." Er versuchte etwas, wovon sie wusste, dass es ein Lächeln sein sollte. Allerdings sah es eher nach einer Grimasse aus. Man sah viel zu viele Zähne.

Das war dein Stichwort, Rae, sagte sie zu sich selbst. Ihr Stichwort, in eine lange und ausführliche Klage auszubrechen, um ihm klarzumachen, wie wichtig es war, die richtigen Klamotten und Accessoires zu besitzen, um später, wenn sie einmal in seinem Alter war, so glücklich auf das Schuljahr zurückblicken zu können, wie sie es sich wünschte.

„Was hältst du davon?", fragte ihr Vater. Er kratzte sein kleines Muttermal auf seiner Wange. Das tat er immer, wenn er nervös war.

„Ich habe alles", antwortete Rae. Sie war sicher, dass es einige Dinge gab, die sie sich für den Beginn des neuen Schuljahres hätte wünschen sollen. Ein T-Shirt in den neuen Modefarben oder einen neuen Rucksack oder sonst etwas. Aber sie hatte keine Vorstellung, was es wirklich sein sollte. Außerdem war es sicherer, sich an die Dinge zu halten, die sie schon besaß. Dieser Rae konnte sie trauen. Der Rae, die noch nicht ausgerastet war. Der erst-seit-ein-paar-Tagen aus dem Krankenhaus entlassenen Rae hingegen – der konnte man solche sensiblen Aufgaben wie die Wahl der geeigneten Kleidung nicht überlassen.

Die Grinse-Grimasse ihres Vaters erstarrte. „Falls du es dir doch noch anders überlegst ..." Er sprach den Satz nicht zu Ende und sah mit mehr Aufmerksamkeit als notwendig auf die Schnellstraße, die sich vor ihnen erstreckte. Rae sah ebenfalls durch die Windschutzscheibe hinaus und ließ sich von den kleinen Hitzewellen, die vom Asphalt aufstiegen, und den weißen Linien, die vorbeiflogen, hypnotisieren. Ihre glücklichsten Zeiten – glücklichsten nach-Durchdreh-Zeiten – waren Momente wie dieser, wenn sie einfach abschalten konnte, ihr Geist stillstand. Was ziemlich erbärmlich war. Sie konnte sich ihren ersten Schultag schon genau vorstellen.

Hey, Rae! Was hast du denn diesen Sommer über gemacht?
Ich, äh, ich habe mich so richtig erholt. In einer Art ... Anlage. Bin viel im Wasser gewesen. Was toll war, denn im Wasser ist mein Hirn nicht so psychomäßig drauf. Und was hast du gemacht?

Und das auch nur für den Fall, dass überhaupt jemand mit

ihr sprechen wollte, nach ihrem Zusammenbruch in der Cafeteria im Frühjahr. Seit diesem Tag hatte sie Markus nur noch einmal gesehen – er konnte Krankenhäuser einfach nicht ertragen –, obwohl sie ein paar sehr nette Karten von ihm bekommen hatte. Lea hatte sich sogar ein paar Mal im Krankenhaus blicken lassen, mit noch ein paar Freunden im Schlepptau. Mehr geglänzt hatte sie allerdings darin, ihr einen endlosen Strom kleiner Geschenke zu schicken. Rae konnte es ihr nicht mal übel nehmen. Ein Tag im Krankenhaus war nicht gerade das, was man sich unter sommerlichem Vergnügen vorstellte.

„Könntest du mir bitte meine Sonnenbrille geben?", fragte Raes Vater.

„Klar. Du solltest sie übrigens immer tragen, wenn es so hell ist. Leute mit blauen Augen wie wir sind viel zu sonnenempfindlich", antwortete Rae mit ihrem Siehst-du-wie-normal-ich-bin-Tonfall. Sie öffnete das Handschuhfach.

/ *Was soll ich bloß zu ihr sagen?* /

Dem Gedanken folgte ein hässliches Zerren ihrer Muskeln zwischen den Schulterblättern. Ein kurzer Schmerzenslaut kam über ihre Lippen.

„Alles in Ordnung?", fragte ihr Vater. Durch seine Stimme klang nadelspitze Angst.

„Ja, alles okay. Ich habe mir nur den Ellbogen am Türgriff gestoßen", antwortete Rae schnell. Sie hatte ihren Vater und den Arzt davon überzeugen können, dass die komischen Gedanken, die ihr durch den Kopf geschossen waren, verschwunden waren. Und sie wollte keinem der beiden irgendeinen Grund zu der Annahme geben, dass sie gelogen haben könnte. Ansonsten wäre sie ruckzuck zurück in die Klapsmühle gekommen.

„Die Sonnenbrille ...", erinnerte sie ihr Vater. Er klang schon etwas normaler. Ganz normal klangen sie allerdings beide nicht mehr.

„Ach ja." Rae klappte die alberne Professor-will-cool-sein-Spiegelsonnenbrille ihres Vaters auf ...

/ ***eine kahle Stelle*** /

... und reichte sie ihm, wobei sie sich zerstreut über den Kopf strich. Sie versuchte nicht mehr herauszufinden, woher dieser Gedanke über eine kahle Stelle gekommen war. Sie hatte vor Monaten aufgegeben, nach Erklärungen zu suchen, und hatte akzeptiert, dass dies nun ihr Leben war. Ihr blieb nichts anderes übrig, als damit zurechtzukommen – und sich Mühe zu geben, keinen unattraktiven Schaum vor dem Mund zu produzieren.

Rae richtete ihre Konzentration erneut auf die Hitzewellen und die weißen Linien. Aber gerade als sie wieder abschalten wollte, wechselte ihr Vater die Spur und fuhr zur Ausfahrt. Drei Kurven später kam das Schild des Oakvale-Instituts in Sicht. Es hatte einen geringeren Sicherheitsstandard als die Klinik. Keine Zäune und dergleichen. Aber Rae konnte wetten, dass es trotzdem diesen Geruch haben würde. Nach billigen Desinfektionsmitteln.

„Ich weiß gar nicht, was ich hier überhaupt soll. Ich bin gesund. Dr. Warriner hat gesagt, dass ich gesund bin", murmelte Rae.

„Du bist ja auch gesund", antwortete ihr Vater, wobei seine Stimme ein wenig zu laut klang. „Du bist topfit. Die Gruppensitzungen sollen dir nur helfen, dran zu bleiben. Vor allem, wenn ab morgen die Schule wieder beginnt." Er fuhr auf den Parkplatz des Zentrums und steuerte den alten Chevette in eine Parklücke unmittelbar vor dem Haupteingang. „Ich warte hier, bis du fertig bist", sagte er und tätschelte ihr linkisch den Arm.

Rae war aufgefallen, dass er sie öfter berührte, seitdem sie aus dem Krankenhaus entlassen worden war. Sie fragte sich, ob das zu den Dingen gehörte, zu denen Dr. Warriner ihn in einem ihrer vertraulichen Gespräche ermuntert hatte. Rae wünschte sich, ihr Vater hätte nicht darauf gehört. Sie hatten sich gegenseitig nie viel berührt, und jetzt kam es ihr einfach nur komisch vor.

„Bis später", antwortete Rae. Sie stieg aus dem Auto ...

/ *Wozu denn?* /

... und wollte die Autotür schließen. Aber ihr Vater hielt sie offen.

„Ich dachte gerade ... oder habe überlegt ..." Seine blauen Augen sahen sie erwartungsvoll an. „Ob wir nachher beim Elektronikmarkt anhalten und uns einen Fernseher kaufen." Er hörte sich an, als verspräche er einer Fünfjährigen nach ihrem Besuch beim Arzt wegen einer Impfung ein Eis.

Aber das war natürlich etwas ganz Besonderes! Raes Vater war ein absoluter und leidenschaftlicher Fernseh-Gegner. Jahrelang hatte sie um einen eigenen kleinen Fernseher gebettet, für ihr Zimmer. Und jetzt ... Rae fühlte, wie sich ein Knoten in ihrem Hals bildete.

„Fernsehen ist das Opium der Massen", zitierte sie ihren Vater. „Mir kommt kein Fernseher ins Haus." Sie drehte sich um und eilte zum Haupteingang, bevor er etwas antworten konnte. Sechs Monate früher wäre sie über die Aussicht, das komplette Fernsehprogramm durchzappen und sich jeden Tag eine Auswahl der tollsten Typen ansehen zu können, in Ekstase gefallen. Aber jetzt ... Es wäre nur ein weiteres Zeichen dafür, wie sehr sich alles verändert hatte.

Als sie vor dem Eingang stand, zögerte sie. *Du musst es einfach tun*, sagte sie sich selbst. *Indem du zur Gruppentherapie gehst, zeigst du, dass du an deiner geistigen Gesundheit interessiert bist.* Rae schnaufte. Der Begriff „interessiert" traf die Sache nicht so ganz. Sie drückte gegen die Tür ...

/ *altes Teil* / **Pulli zu eng** / **überredet für heute Abend** /

... trat ein und ließ das Summen in ihrem Kopf verklingen. Manchmal waren diese komischen Gedanken von einem statischen Brummen überlagert. Als hätte sie einen elektronischen Bienenstock im Kopf. Und dann waren die Gedanken wieder laut und deutlich, ganz anders als Bienen. Rae wusste nicht, was schlimmer war.

Eine Dame mittleren Alters hinter einem Empfangstresen lächelte. Rae lächelte zurück, weil normale Leute das so

machten. Und sie wollte mehr als normal wirken. „Ich möchte zur Gruppe von Mrs Abramson", sagte sie.
„Den Flur entlang, erste Tür links, und dann der zweite Raum auf der rechten Seite", antwortete die Frau.
Rae nickte. Dann sah sie auf die Uhr, die über der Frau hing. Sie hatte noch zehn Minuten Zeit, und sie hatte keine Lust, mit irgendwelchen Versagern herumzusitzen. Während sie über den Flur ging, entdeckte sie eine Toilette. *Das ist es!*, dachte sie. Sie wollte hineingehen, und im selben Moment kam ein Mädchen mit extrem kurzen Haaren heraus. Aus modischen Gründen? Oder ein herausgewachsener Kahlschlag?, überlegte Rae. Im Krankenhaus waren eine ganze Reihe Mädchen gewesen, die mit Scheren an ihrem Kopf herumhantiert hatten.
Sie ging zum nächst gelegenen Waschbecken und sah in den Spiegel, der darüber hing. Der Sicherheitsstandard hier war tatsächlich geringer als im Krankenhaus. Dort hätte man niemals einen Patienten mit einem derart gefährlichen Gegenstand wie einem Spiegel in ein und demselben Raum gelassen. Man konnte ihn zerschmettern und messerscharfe Scherben daraus machen.
„Du siehst gut aus. Völlig normal", sagte sie zu sich selbst. „Abgesehen davon, dass du Selbstgespräche führst." Sie wusch sich die Hände und trocknete sie sorgfältig mit einem der rauen braunen Papierhandtücher ab. Nur um die Zeit totzuschlagen.
Aber jetzt nicht länger herumtrödeln. Wenn du zu spät kommst,

musst du dich stundenlang darüber unterhalten, was es bedeutet, dass du zu spät gekommen bist. Hattest du vielleicht innerliche Widerstände? Und bla, bla, bla.
Rae ging widerwillig zurück zur Toilettentür und öffnete sie.
/ hasse diesen Ort /
Sie schnaubte bei diesem verzerrten Gedanken. Er gehörte nicht zu ihr. Allerdings hätte er zu ihr gehören können. Diesen Ort konnte man tatsächlich hassen. Und er stank tatsächlich nach billigem Desinfektionsmittel. Rae lief den Flur entlang und versuchte nicht darauf zu achten, dass sich ihr Magen zu einer Art Origami zusammenfaltete. Viel zu schnell kam sie zu dem Raum, wo ihre Gruppentherapie stattfinden sollte. Ohne zu zögern schritt sie durch die geöffnete Tür, mit erhobenem Kopf, Augenkontakt mit denen aufnehmend, von denen sie merkte, dass sie sie ansahen, und zu den Versagern zurücklächelnd, die sich die Mühe machten, sie anzulächeln.
Vielleicht sollte ich sie nicht immer Versager nennen, überlegte Rae. Vielleicht geht es ihnen ja genauso wie mir. Sie sind hier, weil irgendjemand gesagt hat, dass sie das tun müssen; um wieder dahin zurückzukommen, was wie ein normales Leben aussieht.
Sie setzte sich auf den nächst besten freien Stuhl – natürlich ein grauer Metallklappstuhl – in den unvollständigen Kreis und sah kurz zu dem Jungen, der neben ihr saß. *Es tut mir Leid*, dachte sie, *aber der ist doch wirklich ein Versager! Ein*

Backstreet Boys-*T-Shirt! Mit sechzehn oder siebzehn! Also bitte!*

„Dann ist unser Club jetzt wohl vollzählig", sagte eine Frau um die dreißig, als sie den Raum betrat und die Tür hinter sich schloss. Sie trug ihr schwarzes Haar in dutzenden kleiner Zöpfe. „Bis auf Jesse Beven. Weißt du, wo er ist?", fragte sie den *Backstreet Boys*-Fan.

Der Typ zuckte hilfsbereit die Schultern.

Die Frau schüttelte den Kopf und wandte sich an Rae. „Ich bin Mrs Abramson. Und du bist sicher Rachel Voight."

„Rae", verbesserte sie automatisch.

„Also gut, Rae", antwortete Mrs Abramson. „Du wirst die anderen gleich kennen lernen, wenn wir den Kreis reihum durchgehen. Aber ich möchte erst einmal mit einer Übung beginnen."

Es gab ein unterdrücktes Stöhnen. Mrs Abramson überhörte es. Sie richtete ihre Aufmerksamkeit gerade auf die Tür, die sehr langsam geöffnet wurde. „Schön, dass du doch noch kommst", sagte sie, als sich ein linkischer rothaariger Junge, der etwa dreizehn Jahre alt sein mochte, durch den Türspalt schob und offensichtlich hoffte, nicht bemerkt zu werden. Rae nahm an, dass er der fehlende Jesse war. Er murmelte eine Entschuldigung in Mrs Abramsons Richtung und setzte sich auf die andere Seite des *Backstreet*-Typen.

„Ich möchte, dass ihr Paare bildet", sagte Mrs Abramson, während sie selbst zur gegenüberliegenden Seite des

Raumes ging. „Und bitte nicht wieder die üblichen. Anthony, du gehst mit Rae zusammen. Jesse, du gehst zu Matt. Niemand sucht sich einen Partner, mit dem er in den letzten drei Sitzungen zusammengearbeitet hat. Habt ihr das gehört, David und Cynda?", fragte sie einen Jungen und ein Mädchen, die Rae gegenüber im Kreis saßen. Den beiden stand der Satz „Wir sind ein Paar" förmlich auf die Stirn geschrieben.

Mrs Abramson blieb vor den Schränken stehen, die unterhalb der Fensterreihe an der anderen Seite des Raumes standen. Sie öffnete den Schrank in der Mitte und holte einen Stapel Zeichenblöcke und einige Schachteln mit Stiften heraus. Sie verteilte die Dinge an alle, was wieder Stöhnen hervorrief, diesmal aber weniger unterdrückt.

Backstreet Boy – sie sollte ihn wohl doch besser „Anthony" nennen – drehte ihr widerwillig seinen Stuhl zu, um sie ansehen zu können. Auch sie rückte ihren Stuhl zurecht, schob ihn allerdings ein wenig zurück, damit sich ihre Knie nicht berührten.

„Ihr sollt ein Familienporträt malen", fuhr Mrs Abramson fort. Sie kam jetzt zu Rae und Anthony, gab ihnen Stifte und Zeichenblöcke und ging dann weiter zu den nächsten Paaren. „Jedem Familienmitglied gebt ihr einen charakteristischen Gegenstand in die Hand. Irgendetwas, was für denjenigen sehr wichtig ist. Nein, Rebecca, ich werde dir kein Beispiel dafür nennen", sagte sie zu dem kahl rasierten Mädchen, das Rae schon gesehen hatte. „Es gibt nichts, was richtig oder falsch sein könnte. Verlasst euch auf das, was euch einfällt."

Dämliche Aufgabe, dachte Rae. Sie suchte sich ein paar Stifte heraus ...

/ **wie Blau** / Blase macht mich verrückt / **Dan anrufen** /

... und kümmerte sich nicht um das Aufflackern unwillkürlicher Gedanken und das Brummen und Knistern, das über ihnen lag. Dann gab sie die Schachtel an Anthony weiter. Er hatte offensichtlich keine Lust, mit ihr zu sprechen, was ein Vorteil war. Rae beschloss, zuerst ihren Vater zu malen. Hohe Stirn. Stupsnase. Schlechte Haltung. Dünnes blondes Haar. Sie hatte ihn schon oft gezeichnet, und das Bild gelang ihr schnell und leicht. Als charakteristischen Gegenstand wählte sie etwas Einfallsloses: ein Buch – für den Englischprofessor.

Jetzt ich, dachte sie. Das war schon schwieriger. Sie mochte keine Selbstporträts. *Es ist ja nicht für Mrs O'Banyon*, erinnerte sie sich. *Mal einfach irgendwas hin. Spiel das brave kleine Gruppentherapie-Mädchen, dann brauchst du irgendwann in diesem Jahrhundert nicht mehr zu kommen.*

Rae fing an zu zeichnen. Rotbraunes Haar, und zwar ganz viel. Stupsnase, wie ihr Vater. Kräftige Augenbrauen. Blaue Augen.

Anthony beugte sich zu ihr und nahm ihr ohne zu fragen den Stift aus der Hand. Rae kümmerte sich nicht um ihn, nahm einen anderen Stift und malte weiter. Sie war so beschäftigt, dass sie die fremden Gedanken gar nicht registrierte. Einen Mund wie Angelina Jolie. Wie Mom – der unwillkommene Gedanke durchzuckte sie, ohne dass sie ihn um sein Kommen gebeten hatte. Normaler Körperbau. Dann war sie fertig. Jetzt brauchte sie nur noch ihren charakteristischen Gegenstand, der noch einfallsloser war als der ihres Vaters – einen Pinsel.

„Könnte ich bitte den braunen Stift zurückhaben?", wandte sie sich an Anthony. „Wenn du fertig bist, meine ich. Lass dir ruhig Zeit", sagte sie bewusst höflich.

Sofort drückte er ihr den Stift in die Hand.

/ BIN ICH WIE ER? /

Eine Welle der Beklommenheit überrollte Rae. Tränen stiegen ihr in die Augen. Sie zwinkerte schnell. Auf keinen Fall wollte sie an ihrem ersten Tag in der Gruppe einen Heulkrampf bekommen. *Das ist nur wieder so ein Hirn-Schluckauf,* sagte sie sich. *Nicht der Rede wert. Nichts, weswegen man durchdrehen müsste. Das hat überhaupt nichts mit dir zu tun.* Sie zwang sich, weiterzumalen. Der Pinselstiel geriet ihr zu lang. Er wurde zu einer Art Wurzel, die sich im Bild um Raes Knöchel schlang.

„Nur noch zwei, drei Minuten, Leute", rief Mrs Abramson. Mist! Jetzt hatte sie keine Zeit mehr, noch mal neu anzufangen. „Kann ich das Rot haben?", fragte sie Anthony. Dann nahm sie es sich einfach, ohne eine Antwort abzuwarten.

/ SCHÖNE HAARE /

Irgendwie fühlte sich dieser Gedanke wie der Bin-ich-wie-er-Gedanke an. Als stammte er von derselben Person. Diese Gedanken stammen von *überhaupt niemandem*, rief Rae sich zur Ordnung. Die Gedanken entsprangen allein ihrem Kopf!

Die Gruppentherapie ist nicht der geeignete Ort, deine Verrücktheit zu analysieren, sagte sich Rae. *Deine Aufgabe besteht darin, hier die Seht-mal-wie-normal-Rae-ist-Show abzuziehen. Also mal gefälligst weiter!*

Rae malte eine große rote Blume in die Hand der gemalten Rae, sodass die Wurzel irgendwo von ihr stammen musste.

„So. Die Zeit ist um", verkündete Mrs Abramson. „Jetzt möchte ich, dass ihr euch eure Zeichnung genau anseht und sie eurem Partner erklärt. Neben wem steht ihr und wie nah? Ist eine Person in eurer Zeichnung wesentlich größer oder kleiner als eine andere? Wie sieht es mit den charakteristischen Gegenständen aus? Was sagen sie über die Personen aus?" Sie klatschte zweimal kurz und kräftig in die Hände. „Also, Leute, redet mit euren Partnern. Und traut euch, Fragen zu stellen und Bemerkungen zu machen. Aber immer drauf achten: keine persönlichen Angriffe!"

Echt super!, dachte Rae. *Wieso lasse ich mir nicht gleich einen Reißverschluss vom Hals bis zum Hosenknopf machen?* Sie warf Anthony einen genervten Blick zu. „Fang an, *Backstreet Boy*!"

Ein dunkler Schatten überflog Anthonys Hals. Aber er

zeigte ihr gehorsam sein Bild. „Das bin ich. Das ist meine Mutter. Und das ist mein Vater", begann er mit leiernder Stimme und zeigte dabei auf eine Figur nach der anderen. „Das ist mein Halbbruder Danny. Das ist mein Halbbruder Carl. Das ist meine Halbschwester Anna. Das ist mein Stiefbruder Zack. Das ist mein Stiefvater Tom. Das ist mein früherer Stiefvater, Rob. Dann gibt es noch eine Menge spezieller Freunde, die kurz zur Familie gehörten oder wenigstens bei uns gewohnt haben. Aber ich hatte keinen Platz mehr."

„Das sind ... ziemlich viele Leute", meinte Rae.

„Ich finde es toll, dass Mrs Abramson uns zusammengesteckt hat", sagte Anthony mit einer Begeisterung, die unecht klang. Er strich sich mit der Hand durch sein sandbraunes Haar und warf einen Blick über seine Schulter. Wahrscheinlich um sicher zu gehen, dass Mrs Abramson nichts mitbekam. „Ich merke, dass ich durch deine Hilfe wirklich etwas über mich lernen kann. Wenn ich hier rauskomme, werde ich wahrscheinlich erst mal ein bisschen weinen und mich dann um einen Job in einer Suppenküche kümmern. Weil ich eingesehen habe, dass es Leute gibt, die viel schlimmer dran sind als ich. Und das habe ich allein dir zu verdanken."

„Was ist denn mit dir los?", fragte Rae. „Ich habe doch nur eine Bemerkung gemacht: Das. Sind. Ziemlich. Viele. Leute." Erst ein Versager und dann auch noch überheblich. Eine üblere Kombination konnte es kaum geben!

„Du bist dran", sagte Anthony. Seine dunklen braunen Augen blickten ausdruckslos.

Rae schüttelte den Kopf. „Nichts da. So schnell nicht. Ich kann erst noch Fragen stellen." Sie betrachtete seine Zeichnung ganz genau. Oder besser gesagt: Seine Strichmännchen mit den kreisrunden Riesenköpfen. Sie sahen alle ungefähr gleich aus. Aber sie wollte ihn etwas fragen. Auf keinen Fall wollte sie ihn so davonkommen lassen. Sie zeigte mit dem Finger auf das längste Strichmännchen. „Der hier ist doppelt so groß wie die anderen. Wer soll das noch mal sein?"

„Mein Vater", antwortete Anthony.

„Ist er denn in Wirklichkeit so groß?", fragte Rae. „Ich gehe natürlich davon aus, dass er kein Mutant ist, der doppelt so groß ist wie normale Menschen. Aber ist er wesentlich größer als der Durchschnitt?"

Anthony deutete mit dem Kinn auf Raes Zeichnung. „Warum ist die Blume denn so riesig?", fragte er zurück. Er zeigte auf die rote Blüte. „Die ist ja größer als der Kopf des Mädchens."

Automatisch sah Rae auf ihre Blume und wünschte sofort, dass sie es nicht getan hätte. Die Blume sah aus wie eine von denen, die sie damals im Kunstunterricht in ihr Landschaftsbild gemalt hatte. Eher ein Raubtier als eine Pflanze.

„Wenn du dran bist, kannst du fragen, was du willst", antwortete Rae und zwang sich, ihren Blick wieder auf Anthonys Bild zu richten. „Also, jetzt red schon. Dein Vater. Wie groß ist er?"

Anthony antwortete nicht. Die Muskeln um seinen Kiefer herum waren angespannt. Als bisse er die Zähne zusammen. „Dann nehme ich an, dass die Größe ein heikles Thema ist", sagte Rae. „Fühlst du dich vielleicht unterlegen, weil dein Vater so groß ist und du nicht?" Anthony war nämlich eher klein. Wahrscheinlich kleiner als die meisten Jungen seiner Klasse. Das glich er allerdings durch seine Muskeln wieder aus. Über diesen Umstand konnte Rae einfach nicht hinwegsehen.

„Rae, Anthony, wie geht es euch beiden da drüben?", rief Mrs Abramson, bevor er antworten konnte. Sie kam zu ihnen und legte eine Hand auf Raes und eine auf Anthonys Schulter.

Anthony hielt sein Bild so fest, dass es an den Rändern Knicke bekam. Rae überlegte, ob sie ihre Bedeutung-der-Größe-Frage in Mrs Abramsons Anwesenheit wiederholen sollte. Dann würde Anthony irgendetwas ausspucken müssen, und Rae bekäme ein paar Gut-aufgepasst-Rae-Gummipunkte. Aber ihre Augen fixierten Anthonys angespannte Finger, die weißen Stellen auf den Knöcheln, und sie beschloss, dem Typen eine kleine Pause zu gönnen.

„Es geht sehr gut", antwortete Rae. „Anthony hat mir gerade erklärt, dass es eigentlich noch mehr Leute gibt – die Freunde seiner Mutter. Und dass er die eigentlich auch hätte zeichnen müssen."

Mrs Abramson nickte. „Sehr gut, Anthony." Sie drückte Raes Schulter, dann ging sie weiter.
Anthony lockerte den Griff an seiner Zeichnung, und sie fiel zu Boden. Rae hob sie auf ...
/ BIN ICH WIE ER? /
... und gab sie ihm zurück. Dieser Gedanke kam sehr klar, dachte sie abwesend. Manchmal waren die Gedanken verzerrt, die Worte kaum zu verstehen. Manchmal waren sie überlagert, als kämen sie von einem zu weit entfernten Radiosender. Aber dieser kam ganz deutlich an.
„Welchen der Typen meinst du denn, wenn du fragst, ob du bist wie er?", platzte sie heraus.
Moment! Was hatte sie gerade getan? Bin-ich-wie-er war eine Stimme in ihrem Kopf gewesen. Keine laute Stimme. *Das kannst du nicht machen, Rae,* tadelte sie sich selbst. *Wenn du das tust ... wenn irgendjemand mitbekommt, dass du immer noch diese Geistesstörungen hast – dann geht's ruckzuck zurück auf die Psychofarm.*

Wie zum Teufel hatte sie diese Frage aufgeschnappt? Anthony sah Rae an. Genau das hatte er gedacht, als er seinen Vater gezeichnet hatte. Er hatte diesen Typen nie kennen gelernt. Jedenfalls nicht so, dass er sich an ihn erinnern konnte. Er war noch kein Jahr alt gewesen, als sein Vater die Kurve gekratzt hatte. Aber er hatte sich immer gefragt, ob sie sich ähnelten. Was in Ordnung gewesen wäre. Denn jemand anderem aus seiner Familie wollte er auf keinen Fall ähneln.

„Ich bin niemandem ähnlich", murmelte Anthony. Er wünschte, sie säßen nicht so nah beieinander. Jeder Luftzug, den er einsog, roch nach Orangen. Oder nach Grapefruits. Wie konnte man bloß Grapefuit-Parfüm tragen? Es kratzte ihn im Hals.

„Und wie sieht es mit deinem Vater aus?" Rae beugte sich vor und betrachtete das Bild eingehend. „Fragst du dich nie, ob du ihm vielleicht ähnlich bist? Ich habe schon oft überlegt, ob ich wie meine Mutter bin." Sie nahm plötzlich einen Stift und malte noch mehr Blumenblätter an ihre Superblume.

„Er war nur der Samenspender. Mehr nicht", antwortete Anthony. Er hatte absolut nicht vor, sich derart zu entblättern und zu erzählen, wie sehr er sich danach sehnte, seinen bescheuerten Vater kennen zu lernen und bei ihm zu bleiben und ... Anthony verbot sich, den Gedanken zu Ende zu führen. Es war einfach zu erbärmlich. Außerdem hörte Rae auch gar nicht zu. Sie hatte ihm eine Frage gestellt und dann zu malen begonnen. Sie machte sich noch nicht mal die Mühe, so zu tun, als wäre sie an einer Antwort interessiert.

„Also gut. Die Blume. Was hat es mit der auf sich?", fragte er, beugte sich vor und riss ihr den Stift aus der Hand, damit sie ihm zuhören musste.

„Ich glaube nicht, dass er für dich nur der Samenspender ist", sagte Rae und begegnete zum ersten Mal mit ihren blauen Augen seinem Blick.

„Schön für dich. Aber jetzt bin ich derjenige, der die Fragen stellt", antwortete Anthony. „Diese Blume ist nicht normal. Die sieht aus wie aus einem Science-Fiction-Film. Außerdem greift sie das Mädchen – ich meine: dich – an. Oder?"
„Es ist doch nur eine Blume", antwortete Rae. Sie faltete ihr Bild in der Mitte zusammen, sodass er es nicht mehr ansehen konnte.
„Quatsch", entfuhr es Anthony.
Rae beugte sich weiter zu Anthony vor, bis sie ganz nah an seinem Gesicht war. Der Grapefruit-Duft drang in seine Lungen. Grapefruit vermischt mit Shampoo und dem Duft warmer Haut.
„Und Samenspender ist kein Quatsch, oder wie?", schoss sie zurück.
Er antwortete nicht. Sie sagte auch nichts mehr. Und keiner von beiden zuckte auch nur mit der Wimper. *Na gut*, dachte Anthony. *Wer zuerst weggucht. Von mir aus.*
Bevor einer von ihnen den Kampf im Anstarren gewonnen hatte, klatschte Mrs Abramson ein paar Mal in die Hände. „Sehr schön gemacht, alle miteinander", rief sie von der Mitte des Kreises aus. „Ihr nehmt eure Bilder mit nach Hause. Seht sie euch bis zur nächsten Sitzung ein paar Mal an. Ihr werdet überrascht sein, was sie euch für Einsichten vermitteln werden."
Rae rückte ihren Stuhl zurück, sodass sie wieder auf Mrs Abramson blickte. Auch Anthony drehte seinen Stuhl wieder herum, wobei die Metallbeine über den Fußboden

kratzten. Dann faltete er seine Zeichnung zusammen und steckte sie in die Vordertasche seiner Jeans.

„Jetzt wollen wir mal der Reihe nach fragen, wie wir uns alle so fühlen", kündigte Mrs Abramson an. „Fangen wir heute bei David an."

Gehorsam richtete Anthony seinen Blick auf die gegenüberliegende Seite des Kreises und sah David an. Aber seine Gedanken kreisten immer noch um seinen Vater. Dank Rae und ihrer blöden Fragen.

Vor ein paar Jahren hatte er sogar mal versucht, seinen Vater zu finden. Wenigstens hatte er seiner Mutter ein paar Fragen gestellt. Aber sie war in Tränen ausgebrochen. Darum hatte er aufgehört und stattdessen ein bisschen im Internet herumgesucht. Leider reichten seine Informationen nicht aus, um den Samenspender ausfindig zu machen.

„Anthony, gibt es vielleicht etwas, das du Julia sagen möchtest?", fragte Mrs Abramson und riss ihn damit aus seinen Gedanken.

Verdammt noch mal! Die bekam es aber auch immer sofort mit, wenn er nicht aufpasste. Wahrscheinlich hatte sie eine Art Radar.

„Ich finde, Julia sollte so gut zu sich sein, wie sie es zu anderen Leuten ist", antwortete Anthony und zitierte damit das, was Mrs Abramson beinahe in jeder Sitzung zu Julia sagte.

„Das sehe ich auch so", sagte Mrs Abramson.

Anthony unterdrückte ein Grinsen. *Schwein gehabt. Yeah!*

„Jetzt bist du dran, Rae", fuhr Mrs Abramson fort. „Erzähl

uns ein bisschen, wie es in deinem Leben weitergehen soll. Was liegt als Nächstes vor dir? Gibt es irgendetwas, wovon du uns erzählen möchtest?"

Anthony wandte sich Rae zu. Sie setzte sich auf und legte ihre Hände in den Schoß. Er musste prusten, als er diese Braves-Mädchen-Pose sah, was ihm ein Kopfschütteln von Mrs Abramson einbrachte.

„Ich bin erst vor ein paar Tagen aus dem Krankenhaus entlassen worden", sagte Rae. „Ab morgen gehe ich wieder in die Schule. Darauf freue ich mich schon. Ich gehe nämlich gern auf meine Schule, auf die Sanderson Highschool. Außerdem habe ich dann wieder meinen normalen Alltag und sehe meine Freunde und so."

So ein Schwachsinn! Anthony schaffte es, nicht wieder loszuprusten.

„Empfindest du sonst noch etwas, wenn du an morgen denkst?", hakte Mrs Abramson nach.

Sie weiß auch, dass es Schwachsinn ist, dachte Anthony. Rae schob sich mit beiden Händen die Haare aus dem Gesicht. Sie guckte zur Decke, als suchte sie nach einer Antwort, die dort geschrieben stand. „Ich glaube, ich bin ein bisschen nervös", sagte sie schließlich. „Aber ich weiß, dass ich es schaffen werde."

Totaler Schwachsinn. Anthony wartete darauf, dass Mrs Abramson ihr das sagte. Aber das tat sie nicht.

„Wir sind alle schon gespannt, was du uns bei unserer nächsten Sitzung über deine erste Zeit erzählen wirst", sagte sie. „Und das war's dann für heute. Es tut mir Leid, dass wir nicht den ganzen Kreis reihum geschafft haben. Nächstes Mal kommen alle dran, die heute nicht dabei waren. Und wenn mich jemand brauchen sollte – ihr könnt mich immer anrufen." Sie reichte Rae eine Karte. „Da ist meine Privatnummer drauf und die Nummer von hier. Und es ist nie zu früh oder zu spät."

Noch bevor Anthony aufstehen konnte, stand Jesse schon vor ihm. „Ich hab ein neues Skateboard. Willst du es mal sehen? Es ist am Empfang. Ich durfte es nicht mit hereinbringen."

Ich habe schon drei kleine Brüder. Ich brauche wirklich nicht noch einen, dachte Anthony. Allerdings war Jesse eigentlich ganz okay.

„Klar", sagte er. „Ich muss nur mal kurz ein Leck abdichten. Wir sehen uns draußen." Er schnappte sich seine Jeansjacke und ging zur Tür. Als er auf den Flur kam, sah er Rae vor sich laufen.

„Hey, Frischfleisch!", rief er, bevor er es sich genauer überlegen konnte. „Rae oder wie auch immer."

Sie drehte sich zwar um, machte aber keine Bewegung in seine Richtung. *Ich versuche ihr einen Gefallen zu tun, und sie ist zickig*, dachte er, während er auf sie zuging. Immerhin war sie fair gewesen, als die Abramson während dieser Zeichenübung zu ihnen gekommen war. Darum schuldete er ihr sozusagen etwas.

„Wenn du in absehbarer Zeit deine Teilnahme an unseren

kleinen Treffen beenden willst, solltest du aufhören in der Gruppe so ein Zeug zu reden", sagte er.
„Wovon redest du überhaupt?", fragte sie.
„Davon dass du dich freust, wieder in die Schule zu gehen und deine Freunde zu treffen. Von diesem Schwachsinn. Hast du nicht gesehen, wie die Abramson geguckt hat? Sie hat es dir nicht abgekauft", antwortete Anthony.
Rae schob den Riemen ihrer Handtasche höher auf ihre Schulter. Sie öffnete den Mund, als wollte sie etwas sagen. Aber dann klappte sie ihn wieder zu.
„Wenn du hier raus willst, dann musst du die Show mitmachen. Red von deinen *Gefühlen*. Und ein bisschen heulen schadet auch nichts."
Rae bedankte sich nicht. Sie sagte gar nichts. Gut. Aber jetzt waren sie quitt. Wenn sie nicht auf ihn hören wollte, sollte sie es lassen. Er warf sich seinen Rucksack über eine Schulter und ging an ihr vorbei.
„Das war aber kein Schwachsinn", rief sie.
Anthony drehte sich um und sah sie an. „Jetzt hör bloß auf! Es geht hier um die Schule! Du weißt doch genau, dass an deinem ersten Schultag alle über dich reden werden, dich anstarren und überlegen, ob du vielleicht wieder ausrastest. Womöglich fragen sie dich, ob du Elektroschocks bekommen hast."
Die Muskeln in Raes Hals begannen zu arbeiten. *Sie weiß es selbst ganz genau*, dachte Anthony. *Sie weiß genau, dass sie uns alle verarscht hat.*

„Es wird überhaupt nicht so sein", beharrte Rae. Aber ihre Stimme klang unsicher, und Anthony glaubte einen Tränenschleier in ihren blauen Augen zu sehen.

Toll, dachte er. *Das hat man davon, wenn man jemandem helfen will. Gleich fängt sie an zu flennen, und ich habe sie am Hals.*

Er drehte den Kopf zur Seite, dass es in der Wirbelsäule knackte. „Hör zu: Ich mache jedenfalls nicht gerade Luftsprünge bei dem Gedanken, wieder in die Schule gehen zu müssen. Ich muss eher kotzen, wenn ich an morgen denke. Und dir geht es sicher genauso. Aber du wirst es trotzdem überleben."

Rae reckte das Kinn vor. „Von einem Typen mit *Backstreet Boys*-T-Shirt brauche ich keine Ratschläge", zischte sie. Aber wenigstens klang sie nicht mehr so, als müsse sie gleich heulen.

„Na gut. Dann bleib in der Therapie, bis du achtzig wirst. Ich wollte dir nur helfen", erwiderte Anthony. In seinen Armen zuckte es. Er hätte sie vor der Brust verschränken wollen, um möglichst viel von dem *Backstreet Boys*-T-Shirt zu verdecken. Aber diesen Triumph wollte er Rae nicht gönnen. Wieso hatte er nur vergessen, das T-Shirt auf links zu drehen, als er aus dem Haus ging? Er trug es ja nur gezwungenermaßen. Seine kleine Schwester bekam sonst hysterische Anfälle – weil sie es ihm zum Geburtstag geschenkt hatte. Aber er hatte eigentlich nicht vorgehabt, sich damit sehen zu lassen.

„Entschuldigung", murmelte Rae zu seiner Überraschung. Er hätte gewettet, dass sie dieses Wort nicht einmal kannte. Sie sah ihm in die Augen, und er bemerkte, dass sie ziemlich genau gleich groß waren. Wenigstens war sie nicht größer. „Und danke", fuhr sie fort. „Aber was die Schule angeht – da liegst du einfach falsch."
„Zehn Dollar", sagte Anthony.
„Wofür?", fragte Rae.
„Zehn Dollar, dass *du* falsch liegst", meinte Anthony. „Bring sie mir zur nächsten Stunde mit."

KAPITEL ZWEI

Womöglich fragen sie dich, ob du Elektroschocks bekommen hast. Rae schüttelte den Kopf und begann die Spülung aus ihrem Haar zu waschen. Sie drehte den Heißwasserhahn der Dusche nach rechts, bis das Wasser so heiß war, dass sie es gerade noch aushielt.

Der Luffa-Schwamm! Sie brauchte den Luffa-Schwamm! Sie reckte sich und angelte ihn von der kleinen Ablage unter dem hoch gelegenen Badezimmerfenster herunter. Dann gab sie einen Klacks ihres neuen Duschgels darauf und begann ihre Schultern abzurubbeln.

Womöglich fragen sie dich, ob du Elektroschocks bekommen hast.

Rae rubbelte stärker, versuchte bis zur Mitte des Rückens zu gelangen. Sie hatte ihr Haar schon dreimal gewaschen und zweimal gespült. Fest drückte sie auf den Luffa und rieb heftig.

Womöglich fragen sie dich, ob du Elektroschocks bekommen hast. Sie spürte, wie die dicken Fasern des Luffas ihren Job machten. *Noch fester,* befahl sie sich selbst und presste den Luffa in ihre Haut.

Mehr Duschgel. Nur so bekam sie eine wirklich makellose

Haut. Sie griff nach der Tube und hielt den Luffa darunter. „Oh Gott", flüsterte sie. „Oh, mein Gott!" Der Luffa war blutbeschmiert. Zwischen den Fasern konnte Rae sogar kleine Hautfetzen erkennen.

Raes Knie knickten ein, und sie setzte sich auf den Boden der Duschkabine. Sie zuckte zurück, als das Wasser von heiß zu eiskalt wechselte. *Wie kann ich mir so etwas nur antun?*, dachte sie. So etwas war doch ... verrückt. Eine weitere Art des Verrücktseins. Sie hatte sich regelrecht misshandelt. Und wenn sie dazu in der Lage war ... Rae zwang sich, den Gedanken zu Ende zu denken: Wenn sie so etwas tun konnte, dann war sie auch zu noch mehr in der Lage. Wenn sie zum Beispiel beim nächsten Mal statt des Luffas eine Rasierklinge nahm?

„Das wäre immer noch besser, als wie es Mom ergangen ist", flüsterte Rae. „Ich kann nicht den Rest meines Lebens in einem Krankenhaus verbringen. Auf keinen Fall."

Es klopfte an der Badezimmertür. „Ich bin gleich fertig, Dad!", rief sie, aber ihre Stimme klang unsicher.

„Ich bin nicht Dad. Hier ist Yana. Und ich habe frische Donuts."

Nimm dich zusammen, Rae, befahl sie sich selbst. Yana Savari war eine Freundin. Beinahe jedenfalls. Sie hatte einen Aushilfsjob im Krankenhaus gehabt. Aber auch wenn sie und Yana etwa im gleichen Alter waren – eine Freundschaft zwischen einer Patientin und einer Aushilfskraft konnte eigentlich keine richtige Freundschaft sein. Wenn

Yana sie so durch den Wind sah, würde sie es wahrscheinlich Raes Arzt erzählen. Nur zu Raes Bestem.

Rae rieb sich mit den Händen über das Gesicht. Dann suchte sie Halt an der feuchten, rutschigen Wand der Dusche und richtete sich auf. „Augenblick, Yana", rief sie. Sie atmete tief durch, trat dann aus der Dusche und trocknete sich so schnell sie konnte ab, wobei sie zusammenzuckte, als das Handtuch ihren wunden Rücken berührte. „Augenblick!", rief sie noch mal. Sie schlüpfte in ihren Bademantel, dann öffnete sie die Tür.

Yana hielt die Tüte mit den Donuts in die Höhe und grinste. „Mir ist eingefallen, dass du auf der Psychofarm die ganze Zeit davon geschwärmt hast."

Rae gab ein kurzes halb hysterisches Lachen von sich. *Nimm dich zusammen*, sagte sie sich wieder. „Du hast dir die Haare gefärbt!", platzte sie heraus.

„Gefällt's dir?", fragte Yana und hob ein paar hellblonde Strähnen in die Höhe.

„Gefällt mir", antwortete Rae. „Damit sehen deine Augen noch blauer aus." *Gut gemacht, Rae. Klingt äußerst normal*, dachte sie. Sie zog den Gürtel ihres Bademantels enger. „Bist du extra den ganzen Weg hierher gekommen, um mir Donuts zu bringen?"

„So weit ist es ja nicht", antwortete Yana. „Und ich dachte, wir könnten beide einen Vor-dem-ersten-Schultag-Zucker-Schub brauchen. Bei uns ist Schichtunterricht. Darum muss ich erst mittags in der Schule sein."

„Ach so. Danke", sagte Rae.

„Irgendwie siehst du geschockt aus. Ist das, weil ich hier bin?", meinte Yana.

Es war tatsächlich einigermaßen seltsam, Yana hier im Flur stehen zu sehen, unter den bauschigen weißen Wolken, die Rae im Alter von zwölf Jahren auf die blauen Wände gemalt hatte. „Als wir unsere Adressen ausgetauscht haben, habe ich gedacht, du wolltest einfach nur nett zu einem Psycho-Fall sein", gab Rae zu.

„Ich bin aber nicht so nett. Und du bist nicht so psycho." Yana lächelte und zeigte dabei die kleine Lücke zwischen ihren Schneidezähnen. „Aber du bist spät dran. Dein Vater hat mich hereingelassen, als er ging, und er hat mich schwören lassen, dass ich dich innerhalb der nächsten Stunde rauswerfe. Ich finde, du ziehst dir schnell etwas über und dann ..." Yana schüttelte die Donuts-Tüte. „Weißt du schon, was du anziehen willst?"

„Ja. Ich habe heute Nacht einige schlaflose Stunden mit dieser Entscheidung verbracht", gab Rae zu. „Und wozu habe ich mich am Ende entschlossen? Khaki-Hosen und Button-down-Shirt. Das war das, was ich schon zu allererst anprobiert hatte."

„Für meinen Geschmack ein bisschen langweilig", sagte Yana. Sie strich sich mit der Hand überall über ihr *Grateful Dead*-T-Shirt, das sie abgeschnitten hatte, damit man das DNA-Tattoo rund um ihren Bauchnabel sehen konnte. „Aber natürlich absolut okay."

„Die Küche liegt hinter dem Wohnzimmer. Mach's dir bequem, bis ich fertig bin. Wenn du willst, trink einen Kaffee", sagte Rae und drehte sich um, um in ihr Zimmer zu gehen.

„Himmel!", rief Yana aus. „Rae, was ist denn mit dir passiert?"

Rae wandte sich um. „Was ist denn?"

„Dein Rücken!" Yanas Augen waren vor Schreck geweitet. „Der ist ganz blutig."

Rae erstarrte. *Ich kann nicht zurück ins Krankenhaus. Ich kann und kann und kann nicht.*

„Ich muss mich, äh, an der Kante der Duschtür geschnitten haben. Die ist total scharf", stotterte sie.

Yana lief auf sie zu. „Lass mal sehen." Bevor Rae es verhindern konnte, stand Yana hinter ihr und zog ihr den Bademantel von den Schultern. „Autsch", sagte sie leise.

Schweigen breitete sich zwischen ihnen aus. Raes Herz schlug so heftig, dass sie sich nicht gewundert hätte, wenn Yana es gehört hätte.

„Das sieht nicht wie ein Schnitt aus", sagte Yana schließlich. „Es sieht eher so aus, als wäre eine Hautschicht ... *abgekratzt* worden." Sie zog Rae den Bademantel wieder an. „Wie ist das wirklich passiert?"

Rae drehte sich zu ihr um. An Yanas ernstem Gesicht konnte sie ablesen, dass eine weitere Lüge keinen Sinn hatte.

„Ich war ziemlich nervös. Wegen dem ersten Schultag,

weißt du, nach ... nach all dem. Ich war irgendwie darauf versessen, gut auszusehen." Raes Stimme begann zu zittern. „Ich wollte nur ... ich wollte nur ein Peeling machen. Ich wollte mich gar nicht verletzen. Wirklich. Das musst du mir glauben. Ich habe nur ..."
„Das Peeling ein bisschen sehr großzügig angewendet?", ergänzte Yana.
„Den Luffa", sagte Rae. Sie blinzelte ein paar Mal hintereinander, weil ihre Augen sich feucht anzufühlen begannen. „Es war ein Versehen. Du sagst es doch nicht Dr. Warriner, oder? Ich kann nicht zurück ins Krankenhaus, Yana. Bitte ..."
„Sag mal, denkst du eigentlich, dass ich als eine Art Spion hierher komme?", warf Yana ein. „Ich habe meinen Sozialdienst abgeleistet. Zu dem ich übrigens – ganz nebenbei – vom Gericht verurteilt worden bin. Die Ärzte hielten es allerdings für besser, dass den Patienten diese kleine Einzelheit nicht bekannt war."
„Vom Gericht?", wiederholte Yana ein wenig benommen.
„Eine Feier im kleinsten Kreise. Jede Menge giftiges Zeug. Viel Dummheit. Eine lange Geschichte", antwortete Yana. „Hast du Wundspray? Dein Rücken wird es dir danken."
„Im Medizinschrank", antwortete Rae.
„Fang schon mal an, dich anzuziehen." Yana scheuchte sie davon, dann lief sie ins Bad. Rae sah ihr einen langen Moment nach. Dann wandte sie sich um und ging in ihr Zimmer. Wie unter einem Autopiloten begann sie sich anzuzie-

hen. Yana kam ins Zimmer, als sie gerade den Reißverschluss ihrer Hose zuzog.

„Stell dir vor, du wärst beim Sport", sagte Yana, als Rae nach einem Handtuch greifen wollte, um ihre Brust zu bedecken. „Dreh dich um."

Rae gehorchte. Sie richtete ihren Blick auf die Wand gegenüber. Sie hatte sie selbst bemalt, tief grün mit schwarzen Adern, wie Marmor.

„So schlimm ist es gar nicht", sagte Yana, während sie Rae das kühlende Wundspray auf den Rücken sprühte. „Es blutet schon nicht mehr."

„Wie durchgeknallt muss man eigentlich sein, um sich so etwas anzutun?", murmelte Rae. Sie tupfte sich mit dem Handtuch über den Rücken, um die letzten Tropfen Blut und überschüssiges Wundspray zu entfernen.

„Ich will dich nicht noch einmal so über dich selbst reden hören", entgegnete Yana mit barscher Stimme. „Sie haben dich aus dem Krankenhaus entlassen, weil du gesund bist. Du bist heute Morgen nur nervös."

„Und du klingst wie mein Vater", sagte Rae, während sie ihren lavendelfarbenen Lieblings-BH anzog und dann mit einem Schwung ihr lavendelfarbenes Hemd überstreifte. „Nur dass ich dir halbwegs glaube", fügte sie hinzu. Dann drehte sie sich zu Yana um.

Yana öffnete die Donut-Tüte und hielt sie Rae hin. Rae nahm sich einen Donut mit Schokoladenglasur und Yana einen mit Zimt. „Deinem Vater glaubst du nicht?", fragte sie.

Sie ließ sich auf Raes Bett fallen und strich mit dem Finger über die grüne Bettdecke mit den schwarzen Rhomben.
„Du müsstest meinen Vater mal kennen lernen. Er ist Englischprofessor. Für die alte Abteilung, Mittelalter und so. Die Arthus-Legende zum Beispiel", sagte Rae. Sie zog den Ledersessel an ihrem Schreibtisch ein Stück vor – wobei ein paar dieser merkwürdigen Gedanken in ihrem Hirn aufblitzten –, dann setzte sie sich darauf. „In der Realität kennt er sich nicht allzu gut aus. Wir haben noch nicht mal einen Fernseher. Und du solltest ihn mal über meine Mutter reden hören. Er ..."
Rae klappte den Mund unvermittelt zu. Beinahe hätte sie Yana genau das erzählt, was sie ihr ganzes Leben lang geheim zu halten versucht hatte. Und nicht nur ein kleines Stück davon. Sondern die ganze Story.
„Er – was?", fragte Yana.
Rae hatte das Gefühl, dass sich ihre Rippen zusammenzogen und in ihr Herz gruben. „Nichts", murmelte sie.
„Jetzt komm." Yana wischte sich etwas Zimt vom Kinn. „Du kannst nicht erst von etwas anfangen und dann plötzlich wieder aufhören. Das ist gegen die Regeln der Freundschaft."
Vielleicht ist es ja ganz gut, wenn ich es ihr sage, dachte Rae mit einem Mal. *Du bist wirklich verrückt*, tadelte sie sich gleich darauf selbst. *Oder hast du im Moment etwa noch so viele Freundinnen, dass du es dir leisten kannst, eine zu verschrecken?*

Aber Yana war nicht ausgerastet, als sie Raes Rücken gesehen hatte. Sie wusste zwar, dass Rae auf der Psycho-Farm gewesen war, aber das hatte sie nicht davon abgehalten, mit Donuts vorbeizukommen.
„Mach schon, Rae", drängte Yana.
Es ist anders als mit Lea, dachte Rae. *Ihr hätte ich damit eine Waffe gegeben, mit der sie allen in der Schule hätte erzählen können, dass ich ein Monster sei. Aber davor habe ich mich immer mehr als gehütet.*
Rae schluckte krampfhaft. Ihr Hals fühlte sich trocken an und rau wie Schmirgelpapier. „Okay. Also meine Mutter ... sie hat jemandem etwas ganz Schreckliches angetan." Sie schluckte wieder und merkte, dass sie es nicht konnte. Dass sie nicht einfach ausplaudern konnte, was sie so mühevoll als Geheimnis gehütet hatte. Jedenfalls noch nicht.
„Wirklich, es war einfach furchtbar", fuhr sie fort. „So furchtbar, dass sie eigentlich dafür ins Gefängnis gemusst hätte. Aber man stellte fest, dass sie geistig gar nicht schuldfähig war. Sie ist dann in einer psychiatrischen Anstalt gestorben", sprudelte Rae hervor. „Und mein Vater ... Immer wenn er über meine Mutter spricht, was nicht allzu oft der Fall ist, redet er nur davon, was für ein großartiger Mensch sie war. Er ist vollkommen überzeugt davon. Und das ist das Verrückte daran. Er sagt es nicht einfach nur, um mich zu trösten."
„Wow!", machte Yana leise.
„Tja." Rae drehte den Donut in ihren Fingern herum. „Jetzt

weißt du jedenfalls, warum ich nicht alles glaube, was er sagt."

Yana zeigte auf den Donut. „Iss", befahl sie.

Rae biss gehorsam hinein. Dabei warf sie Yana verstohlene Blicke zu. Überlegte sie jetzt vielleicht, ob Rae wie ihre Mutter war? War es ihr unangenehm, so nah bei ihr zu sitzen?

„Ich glaube auch nichts von dem, was mein Vater sagt", meinte Yana. Sie klang völlig normal. „Aber das liegt vielleicht daran, dass er mir immer sagt, wie dumm ich bin. Und wie faul. Und wie unzuverlässig. Ist das nicht ein wunder-wunderbares Bild?"

„Es ist schrecklich", sagte Rae.

Yana stand auf. „Allerdings. Aber in ein paar Jahren sind wir beide unsere Väter los. Oder wenigstens müssen wir nicht mehr im selben Haus mit ihnen wohnen." Sie deutete auf die schweren Schuhe, die neben Raes Kleiderschrank standen. „Die ziehst du jetzt an. Und dann fahre ich dich zur Schule. Ich habe Papilein versprochen, dass du nicht zu spät kommst. Erinnerst du dich?"

Es läutete. Rae wusste, dass sie aufstehen musste. Sie wusste, dass sie jetzt in die Cafeteria gehen musste. Aber sie hatte das Gefühl, dass mit einem Schlag sämtliche Knochen in ihren Beinen fehlten. Wie sollte sie aufstehen, wenn sie keine Beinknochen hatte? Sie beschäftigte sich damit, ihr Englischbuch und ihren Ordner in ihren Rucksack zu packen, während die Gedanken wie Kohlensäure in Mineralwasser durch ihr Hirn sprudelten und der Rest der Klasse lachend und redend den Raum verließ und ihr schnelle Ich-gucke-ja-gar-nicht-Blicke zuwarf.

„Rae, würdest du uns wohl einen Gefallen tun?"

Rae hob den Kopf und sah Mr Jesperson, ihren Englischlehrer, vor sich stehen. Neben ihm stand ein Junge, den sie nicht kannte – was vielleicht der Grund dafür war, warum er ihr so ins Auge stach.

„Das ist Jeff Brunner", fuhr Mr Jesperson fort. „Er ist neu und braucht jemanden, der ihm die Cafeteria zeigt. Weil heute auch mein erster Tag hier ist, dachte ich, dass ich mich als Fremdenführer vielleicht nicht ganz eigne." Er schenkte ihr ein einfühlsames Lächeln. Ein Lächeln, das ihr klarmachte, dass er im Lehrerzimmer schon alle Informationen über sie erhalten hatte. Vielleicht dachte er, dass es ihr leichter fiele, mit jemandem an ihrer Seite den Schauplatz des „Zwischenfalls" wieder zu betreten. Was nicht ganz zutraf.

„Äh – natürlich. Ich werde sie ihm zeigen", antwortete Rae, weil es einfach unmöglich gewesen wäre, es abzulehnen. Und ohne dass sie sich noch mal vornehmen musste aufzustehen, war sie schon auf den Beinen, ging vor zur Tür und öffnete sie.

/ *Unglaublich, dass Rae wieder da ist* / **durchgedreht** /

Es war schon schlimm genug, unwillkürliche Gedanken zu haben. Aber diese hier waren dazu auch noch beleidigend.

Es war wie eine Attacke von innen, wie sie ihr, von statischem Knistern überlagert, durch den Kopf schossen. Und sie fühlten sich so echt an. Als kämen sie tatsächlich von den Leuten um sie herum.

„Vielen Dank für deine Hilfe", sagte Jeff, während sie auf den Flur traten.

„Die Cafeteria ist eigentlich ganz einfach zu finden", antwortete sie. „Du weißt doch, wo das Sekretariat ist, oder?" Sie zwang sich, ihn anzusehen, und sah, wie er nickte. „Du läufst einfach immer an dem Gemälde entlang, das beim Sekretariat beginnt. Es endet direkt gegenüber der Cafeteria."

„Kommst du nicht mit?", fragte Jeff. Mit seinen grauen Augen guckte er wie ein junger Hund. Er sah gut aus und versuchte möglicherweise einen Flirt, aber sie war im Moment absolut nicht in Flirtlaune.

„Nein, ich komme nicht mit. Jedenfalls nicht im Moment." Der Gedanke, die Cafeteria wieder zu betreten, machte sie vor Angst fast schwindelig.

„Ach so. Na gut. Dann ... vielleicht ein anderes Mal", sagte Jeff. Und er wurde tatsächlich rot. Seine Haut war so hell, dass die farbigen Flecken fast wie aufgemalt wirkten. Er winkte kurz, dann wollte er gehen.

„Warte mal", rief sie. Er blieb sofort stehen und drehte sich um. „Hör zu. Du bist ja neu. Darum weißt du es nicht. Obwohl ich glaube, dass du es sehr bald wissen wirst." Jeff hob seine Augenbrauen. Er war offenbar verwirrt. Rae sprach

schnell weiter. „Also im letzten Frühjahr, da hatte ich so einen Zusammenbruch. Vor allen Leuten. Glaub mir – du gehst besser nicht mit mir zusammen in die Cafeteria. Sonst erklären sie dich auch gleich für verrückt." Sie machte eine scheuchende Bewegung mit den Händen. „Jetzt geh. Ich gebe dir Vorsprung."
Jeff lächelte und trat einen Schritt näher. „Willst du mich etwa beschützen?" Er strich sich mit den Fingern die dunklen Haare aus dem Gesicht. „Es ist mir egal, was die Leute denken", sagte er. „Lass uns zusammen reingehen."
Wow! Mut hatte dieser Typ jedenfalls. Als Neuer musste er doch wissen, wie wichtig es für den Ruf war, mit wem man in den ersten Tagen zusammen gesehen wurde.
Es würde auf jeden Fall angenehmer sein, nicht allein in die Cafeteria gehen zu müssen. Diese ersten paar Sekunden, wenn alle mitbekamen, dass sie wieder da war, und alles still wurde; da wäre es kein Fehler, wenn jemand ganz Normales neben ihr stand.
„Okay", sagte Rae. Ohne ein weiteres Wort ging sie wieder los. Jeff folgte ihr auf dem Fuße.
Die Luft auf dem Flur wurde immer dünner, je näher sie der Cafeteria kamen. Sie hatte das Gefühl, nach Atem ringen zu müssen, obwohl sie – kurzer Vergleich mit der Wirklichkeit – wusste, dass sie ganz normal atmete. Worin für heute ihre Herausforderung bestand: normal atmen, normal gehen, normal reden, normal sein.
„So, da wären wir", verkündete Rae, wobei sie das Gefühl

hatte, die Wörter aus ihrem Mund herauszwingen zu müssen. Sie straffte ihre Schultern, dann drückte sie die Doppeltür der Cafeteria auf ...

/ *Igitt* / *Rae gesehen* / nächste Stunde Sport /

... und trat ein. Der Geräuschpegel stieg einen Moment lang an, dann fiel er zu beinahe absoluter Stille ab. Rae glaubte nicht, dass es paranoid war, diesen Wechsel auf ihr Eintreten zurückzuführen. Ihr Körper fühlte sich durch all die Augen, die auf sie gerichtet waren, ganz heiß an.

„Das ist also die Cafeteria", meinte Jeff.

Rae suchte den Raum mit den Augen nach ihren Freunden ab. Sie entdeckte Marcus, der gerade ein Stück Pizza bezahlte. Im selben Moment wie ihr Herzschlag schneller wurde, zog sich ihr Magen vor Angst zusammen. Sie hatte so viel Zeit damit verbracht, sich diesen Moment vorzustellen: ihn wieder zu sehen. Allerdings hatte sie keine Ahnung, was seiner Meinung nach passieren sollte, nachdem sie nun wieder da war.

Du sollst dich ganz normal benehmen, erinnerte sie sich. Und normal bedeutete, dass Marcus und sie zusammen waren. Natürlich konnten sie nicht einfach da weitermachen, wo sie aufgehört hatten. Aber wenn sie ihm erst mal klargemacht hatte, dass sie wieder fit war, dass sie immer noch mit ihm zusammen sein wollte ...

„Ich bin gleich zurück", sagte sie zu Jeff. Sie lief auf Marcus zu, schlang einen Arm um seine Hüfte und hielt ihm mit der anderen Hand die Augen zu. „Wer ist das?"

„Vielleicht ... Dori?", fragte Marcus mit flirtiger Stimme.
Raes Hand glitt von Marcus' Gesicht. „Nicht ganz", sagte sie, wobei ihre Worte ein wenig undeutlich herauskamen. *Was hast du denn erwartet?*, fragte sie sich, während ihr Magen vor Säure zu zucken begann. *Hast du vielleicht gedacht, dass der berühmte Marcus Salkow einen ganzen Sommer lang die Existenz sämtlicher anderer Mädchen ignorieren würde?*
Vielleicht hatte sie an diese Möglichkeit nicht denken wollen. Aber sie hatte doch gehofft, dass Lea ihr einen Tipp geben würde, wenn er sich mit jemand anderem traf.
Marcus wandte sich um. Rae hatte den Eindruck, einen Anflug von Unzufriedenheit in seinem Gesicht zu sehen. Aber dann lächelte er sein berühmtes Salkow-Lächeln, und seine Zähne leuchteten im Kontrast zu seiner Bräune, die er sich den Sommer über zugelegt hatte.
„Mensch, Rae! Du bist zurück!", rief er.
Dann nahm er sie kurz in den Arm. Zu kurz. Als wollte er sie nicht lange berühren. Als könnte sie ansteckend sein. Die Säure in ihrem Magen stieg bis zum Hals hinauf.
Mach halblang, dachte Rae. *Es ist einfach ungewohnt für ihn. Komisch. Das ist alles.*
„Komm mit", sagte Marcus. „Die wollen dich doch alle sehen."
Rae hatte sich zwar noch nichts zu essen kaufen können, sie folgte Marcus aber trotzdem zu seinem Tisch. „Jeff, willst du mitkommen?", rief sie über ihre Schulter zurück.
Er stand da, wo sie ihn stehen gelassen hatte. Seine Hände

steckten ein bisschen merkwürdig in seinen Jeanstaschen.
„Klar", antwortete er. Zwei Sekunden später hatte er Marcus und sie eingeholt.

Rae legte ihre Hand leicht auf Jeffs Arm. „Marcus, das ist Jeff. Er ist neu hier."

„Hallo", sagte Marcus. Er fasste Rae am Handgelenk, ging schneller und zog sie mit sich. Jeff hielt mit ihnen Schritt. Umso besser. Es konnte nichts schaden, wenn Marcus – und alle anderen, die sie immer noch angafften – mitbekamen, dass sie ein Junge in Du-gefällst-mir-Manier ansah, und nicht à la Schon-gehört-dass-sie-die-Sommerferien-in-der-Klapse-verbracht-hat.

„Lea, guck mal, wen ich aufgegabelt habe!", rief Marcus, als sie bei dem Tisch ankamen, wo sie auch im letzten Jahr immer gesessen hatten.

Sobald Lea Rae sah, stieß sie einen Begeisterungsschrei aus. Sie sprang von der Bank auf, umarmte Rae lang und innig und drückte ihr samtiges schwarzes Haar an ihre Wange. „Ich freue mich ja so, dich zu sehen", sagte sie, als sie Rae schließlich losließ.

„Hey, ich glaube, du hast ein bisschen zugelegt", sagte Rae leise.

„Stimmt. Ich muss wohl langsam einen BH tragen", antwortete Lea. Und ab diesem Moment war es fast so, als wäre Rae in die alte Zeitrechnung zurückgekehrt – in die Zeit, bevor sie ausgerastet war.

„Und immer, immer wieder geht die Sonne auf!", sang ihr

Jackie von der anderen Seite des Tisches entgegen. Sie klang ein bisschen zu laut und zu hoch, aber immerhin gab sie sich Mühe. Und das war das, was zählte.

„*What a beautiful day*", stimmte Vince an seinem Platz neben Jackie an.

„Sie ist wieder da!" Vince klang wie üblich hundert Prozent wie Vince. Rae war klar, dass er sich wirklich total freute, sie wieder zu sehen. Das Schöne an Vince war nämlich, dass er immer sagte, was er dachte – allerdings konnte genau das manchmal auch ein bisschen ärgerlich sein.

„Setz dich", drängte Lea. Sie fummelte an ihrer langen Gänseblümchen-Kette aus Glasperlen, die sie um den Hals trug.

„Ich habe mir aber noch gar nichts zu essen geholt", antwortete Rae.

„Das mach ich. Ich weiß ja, was dir schmeckt." Lea ging schon Richtung Tresen.

„Warte", sagte Rae. „Nimm Jeff mit." Rae zeigte auf ihn und merkte, dass er wieder rot wurde. Irgendwie war das richtig süß. „Er hat auch noch nichts zu essen. Und er ist neu. Also, sei nett zu ihm!"

„Bin ich zu gut aussehenden Jungen nicht immer nett?", gab Lea zurück.

Sie packte Jeff am Arm und zog ihn mit sich. Rae setzte sich neben Marcus. Dann wünschte sie plötzlich, dass sie es nicht getan hätte. Bevor sie nicht herausgefunden hatte, woran sie eigentlich war, wollte sie auf keinen Fall zu eifrig aussehen oder als erwartete sie zu viel. Das wäre furchtbar erniedrigend.

„Rae, was für Kurse hast du denn in diesem Jahr?", fragte Jackie. Sie lehnte sich über den Tisch und tätschelte Raes Hand. Ja, sie tätschelte tatsächlich ihre Hand!

„Bestimmt wieder Kunst", fiel Vince ein, bevor Rae antworten konnte. „Darin bist du doch echt super." Er grinste sie an, und sie merkte, dass er das herausgebrochene Stück an seinem Zahn hatte ersetzen lassen. Was hatte sich in ihrer Abwesenheit wohl sonst noch alles verändert?

„Rae ist wirklich eine tolle Malerin", fügte Marcus hinzu. Er warf einen nervösen Blick über seine Schulter.

Rae folgte seinem Blick und sah Dori Hernandez auf sie zukommen. Dori hatte den Sommer über die Verwandlung von der Raupe zum Schmetterling durchgemacht. Sie hatte immer schon gut ausgesehen, aber jetzt war sie eine absolute Augenweide. Ihr langes dunkelbraunes Haar reichte fast bis zu ihren Hüften, und ihr Top, bei dem im Vorderteil ein Stück Stoff ausgespart war, ließ erkennen, dass sie die paar Pfund Babyspeck, die sie bis vor kurzem noch getragen hatte, nun verloren hatte. Was Rae aber vor allem auffiel, war, wie oft Doris Blicke zu Marcus wanderten.

Ein Knoten von der Größe einer Pflaume ballte sich in Raes Hals zusammen. Sie schluckte angestrengt, dann setzte sie ein Grinsen auf. An diesem Tag wollte sie in der Cafeteria keine Szene machen. „Hey, Dori, du siehst toll aus", sagte sie, als Dori an den Tisch kam.

Wie lange hast du wohl für diesen Schritt gebraucht?, überlegte Rae. *Eine Woche? Einen Monat? Oder hast du sofort nach meinem kleinen Zusammenbruch damit angefangen? Hast du Marcus vielleicht getröstet, wegen seiner armen kranken Freundin?*

„Äh, danke", sagte Dori schließlich, guckte dabei aber wie ein Stück Wild im Licht eines Autoscheinwerfers. Sie sah vom leeren Platz neben Rae zum leeren Platz an der anderen Seite neben Marcus und trat unbehaglich von einem Fuß auf den anderen. Marcus half ihr schließlich aus der Verlegenheit, indem er auf den Platz neben sich klopfte.

„Rae wollte uns gerade erzählen, welche Kurse sie belegt", sagte er.

„Ah, toll!", rief Dori und klang, als hätte sie gerade eine Luxusreise nach Hawaii gewonnen.

„Es ist eigentlich dasselbe wie immer. Englisch, Geschichte, Bio, Sport, Mathe und Kunst natürlich", sagte Rae.

„Toll!", rief Dori noch mal.

Also bitte!, dachte Rae.

„Einmal das Rae-Voight-Spezial", rief Lea, als sie – mit Jeff im Schlepptau – zurück an den Tisch kam. Sie stellte ein Tablett vor Rae ab. Ein Jumbobecher gefrorener Jogurt stand darauf und ein Salat.

„Danke", sagte Rae.

„Extrem gern geschehen", antwortete Lea. „Oh, du brauchst noch Servietten. Sie nahm eine Hand voll aus dem Hal-

ter in der Mitte des Tisches und legte sie auf Raes Tablett. *Oh, Gott!*, dachte Rae. *Soll das jetzt etwa so weitergehen? Wollen jetzt alle die ganze Zeit so scheißfreundlich sein und tun, als wäre ich eine extrem gefährdete Mitschülerin?*
Sie nahm ihren Plastiklöffel ...
/ merkt Rae meine Unsicherheit /
... und aß etwas Jogurt. *Ob ich Elektroschocks bekommen habe, hat mich zum Glück keiner gefragt,* dachte sie. *Aber trotzdem schulde ich diesem Anthony wohl zehn Mäuse.*

***

Rae ist kein Mädchen, das anderen ohne Weiteres vertraut. Vielleicht hat sie es vor ihrem Zusammenbruch getan, aber jetzt hat sie eine Wand um sich herum aufgebaut. Ich habe aber keine Angst. Ich weiß, dass ich sie dazu bringen kann, mir zu vertrauen. Ein Anfang ist schon gemacht. Bald werde ich die ganze Wahrheit über Rachel Voight herausfinden. Und dann wird man sehen, wie man mit ihr umgehen muss.

KAPITEL DREI

Erste Stunde Englisch, dachte Anthony und warf die Tür seines Schließfachs zu. *Toller Beginn für den Tag.* Dann machte er sich auf den Weg aus dem Gebäude. Der Kurs fand in einer der Baracken hinter dem Baseball-Platz statt. In der Fillmore Highschool hatte sich in den 70er Jahren irgendwann Platzmangel eingestellt, und die Baracken hatten eine Übergangslösung darstellen sollen. Aha.
„Hey, fat'n'smelly!", rief eine Stimme, während er zur Tür ging. Anthony musste sich noch nicht mal umsehen, um zu wissen, wer es war. Brian Salerno war der einzige Typ, der Anthony noch bei seinem Spitznamen aus den Zeiten der Mittelschule nannte. Allerdings war er auch der Einzige, der die Ähnlichkeit des Namens Fascinelli mit „fat'n'smelly" – fett und stinkend –, so lustig wie einen Gag in einer bescheuerten Comedy Show fand.
„Hallo", sagte Anthony, ohne seinen Schritt zu verlangsamen. Er überlegte, ob eine Aussicht darauf bestand, dass Salerno bis zu dem Tag, wo sie ihren Abschluss machten – was in wer weiß welchem Jahrtausend auch immer sein mochte – mitbekam, dass sie nicht nur keine Freunde waren, sondern auch niemals welche gewesen waren.

„Du bist also auch bei der Goyer?", fragte er, während sie über das Baseballfeld gingen.

„Ja." Dann kamen sie an die Treppe. Anthony ging die dünnen Aluminiumstufen hinauf und öffnete die Tür. Das Metall fühlte sich warm an in seiner Hand, dabei war es noch nicht mal zehn Uhr morgens. Er trat ein und stieß auf eine Reihe bekannter Gesichter. „Finken!", murmelte er.

Tatsächlich wurde keiner von ihnen „Finken", „Sittiche" oder „Kolibris" genannt. Trotzdem waren und blieben sie dämliche Finken. Und alle wussten es. So wie es damals in der dritten Klasse für niemanden ein Problem gewesen war, den Code ihres Lehrers für ihre Leistungen im Lesen zu knacken. „Finken" waren so etwas wie die letzten Idioten.

Es klingelte zum zweiten Mal. Mrs Goyer erhob sich hinter ihrem Pult und schrieb ihren Namen an die Tafel. „Ich bin Mrs Goyer. Herzlich willkommen nach den Sommerferien! Ich hoffe, ihr habt alle einen schönen Urlaub gehabt." Sie lächelte, nahm einen Stoß Papier in die Hand und gab den jeweils ersten Schülern in einer Reihe kleinere Stapel der zusammengehefteten Blätter. „Wenn ich die Klassenliste durchgegangen bin, werden wir ein bisschen vorlesen. Damit wir uns wieder daran gewöhnen."

Damit wir mal sehen, wer der größte Vollidiot ist, dachte Anthony, als ihm das Mädchen, das vor ihm saß, seine Blätter reichte. Er schob seinen schweren Holzstuhl zurück. Dutzende Schweißperlen hatten sich auf seinem Rücken gebildet, und sie juckten jetzt wie verrückt. Er sah zur Uhr. Noch nicht mal zwei Minuten der Schulstunde waren vergangen, und der Sekundenzeiger bewegte sich in extremer Zeitlupe.

Anthony streckte seine Beine in den Gang. Er krampfte seine Finger zusammen und entkrampfte sie wieder. *Immer locker bleiben, ja? Locker am Arsch*, sagte er zu sich selbst. Er sagte „Ja", als Mrs Goyer ihn aufrief, erwiderte ihr Du-bist-etwas-ganz-Besonderes-Lächeln aber nicht. Mrs Goyer gehörte zu den Lehrern für Lernschwache, die darauf schworen, dass sich schon durch ein bisschen Liebe und Aufmerksamkeit die Finken in die Luft erheben und wie die Kolibris beinahe schwerelos fliegen würden. Was ein wenig besser zu ertragen war als die Sonderpädagogen, die glaubten, dass man den Finken nur mal ordentlich die Federn rupfen musste, damit sie lernten, was Disziplin war.

Geistige Pornografie. Das war der einzige Weg, das hier durchzustehen. Das Mädchen aus der Gruppentherapie, beschloss er. Das mit den roten Haaren. Genau. Sie erschien so klar vor seinem geistigen Auge, dass er jede Sommersprosse erkennen konnte.

„Und jetzt machst du weiter, Anthony", rief Mrs Goyer mit ihrer Sie-brauchen-doch-nur-ein-bisschen-Ermutigung-Stimme. Er brauchte einen Augenblick, um sich wieder auf das Blatt auf seinem Tisch zu konzentrieren.

Aus beiden Achselhöhlen rann ihm jetzt der Saft. Das Schweißrinnsal auf seinem Rücken verwandelte sich in einen Strom und klebte ihm sein Sweatshirt auf die Haut. *Nimm dich zusammen!*, befahl er sich selbst. *Es sind doch nur ein paar Sätze!*

„Mike", las Anthony vor. Das war leicht. Ein Bild seines Freundes Mike erschien vor seinen Augen, als er die Buchstaben sah. Er erkannte das Wort auf Anhieb. Rannte. Sobald Anthony sich vorstellte, wie er rannte, kam ihm das Wort ganz leicht über die Lippen. Er sah zum nächsten Wort. Zu. Eine Ferse begann auf dem Boden auf und ab zu zittern. „Zu", sagte er. Aber darüber musste er noch mal nachdenken. Zwei Buchstaben, und er musste über sie nachdenken!

Dann kam das nächste Wort in sein Blickfeld. Dem. Noch ein Wort, das kein Bild in ihm erweckte. *Aber du kennst es*, sagte er sich selbst. *Das ist ein ganz leichtes Wort. So eins, das jedes Wickelkind kennt.* Er sah genauer hin. „Dem", sagte er.

„Gut. Bleib dran", drängte ihn Mrs Goyer.

Anthony sah nicht von seinem Blatt auf. Er durfte seine Konzentration nicht verlieren. „Laden", sagte er. Das war nicht schwierig gewesen. Er hatte das Wort gesehen, und in seinem Kopf war das Bild eines Lebensmittelladens entstanden. Aber dann stand er ratlos vor dem nächsten Wort: Und. Er sah es an, bis er das Gefühl hatte, dass ein Stahlgürtel um seinen Kopf gewickelt war und enger und enger gezogen wurde. „Und", las er.

Er wünschte, dass wer auch immer da gerade Kaugummi kaute, damit aufhörte. Der künstliche süße Geruch verursachte ihm Übelkeit. Und jemand anderer kaute auf dem Bleistift herum. Wodurch seine Zähne Lust bekamen, sich aus dem Mund zu stehlen.

„Versuch es doch mal herauszuhören", sprang Mrs Goyer ein.

Anthony heftete seine Augen auf das nächste Wort. Ein Bild, wie er seinem Dealer Geld gab, tauchte in seinem Kopf auf. „Kaufte", sagte er. Sein Blick wanderte zum nächsten Wort. Kein Bild. „Etwas", presste er heraus.

Der Gurt um seinen Kopf wurde enger. Sein Fuß hämmerte lauter auf den Boden. Der Kaugummigeruch stieg ihm in Nase, Hals und Lunge. Und seine Zähne zuckten bei jedem Knirschen auf dem Bleistift, das von der anderen Seite des Raumes zu ihm drang.

„Versuch es doch noch mal von vorn", schlug Mrs Goyer vor.

Anthony legte seinen Finger unter das erste Wort des Satzes. Er wusste, dass er auf diese Weise aussah wie ein Vollidiot, aber es half ihm. Das Bild seines Freundes Mike erschien in seinem Kopf. „Mike", sagte er. Er führte seinen Finger zum nächsten Wort. Ein Bild, wie Anthony lief, tauchte auf. „Rannte." Er führte seinen Finger zum nächsten Wort. In seinem Kopf wurde es leer.

„Versuch es herauszuhören", sagte Mrs Goyer. „Wie klingt der erste Buchstabe?"

Anthony grub seinen Finger in das Papier unter dem Wort. Das kleine Zwei-Buchstaben-Wort. Er atmete tief ein – einen Zug süßen Kaugummi-Atems, dass er hätte würgen können.

„Mike rannte zu dem Mädchen mit den riesigen Melonenbrüsten", sprudelte Anthony schließlich halblaut heraus. Er warf Mrs Goyer einen Blick zu. Sie schien nicht sauer zu sein. Sie hatte nur einen Ach-du-armer-kleiner-Fink-Ausdruck auf dem Gesicht.

„Nächste Stunde werden wir uns mit einer Technik beschäftigen, wie man mit unbekannten Wörtern umgeht", sagte sie. „Brian, lies doch bitte weiter."

Anthony sah wieder auf die Uhr. Sie war gerade dabei, die Halbzeit-Grenze zu erreichen. Aber er musste raus hier, und zwar *jetzt*. Er rief sich wieder die Rothaarige ins Gedächtnis und ließ sie ihr Hemd aufknöpfen. Sie ließ es von ihren Schultern gleiten und zu ihren Füßen in eine rosa Pfütze fallen. *Wow!*

Als er genug von der Rothaarigen hatte, wechselte er zu einer Blonden aus der Gruppe. Die beschäftigte ihn, bis es klingelte. Dann konnte er nach draußen. Während er das Baseballfeld überquerte, verfiel er ins Laufen. Es gefiel ihm, wie seine Muskeln den leisesten Befehlen gehorchten – wie es sein Randvoll-mit-Unfug-Hirn niemals tun würde. Den Sportunterricht konnte er kaum erwarten. Das war die einzige Gelegenheit, wo er zu den Kolibris gehörte. Obwohl – Quatsch! Er war vielmehr ein Adler!

Aber Sport kam erst in der übernächsten Stunde. Als Nächstes lag Mathe vor ihm. Finken-Mathe. *Aber wenigs-*

tens findet der Unterricht nicht wieder auf dem Parkplatz statt, dachte er, während er ins Hauptgebäude lief und sein Schließfach ansteuerte. Als er am Münztelefon vorüberkam, zögerte er. Eigentlich war das ja nicht seine Aufgabe ... Aber er konnte wetten, dass seine Ma es vergessen würde. Er lief zurück zum Telefon, zog ein paar Münzen aus seiner Jeanstasche, warf sie ein und wählte eine Nummer.
„Tagesstätte Sonnenschein", antwortete eine Stimme, die der von Mrs Goyer sehr ähnlich klang.
„Hier ist Anthony Fascinelli", sagte er. „Ich bin der Bruder von Carl Doheney. Carl nimmt zur Zeit Antibiotika. Er muss zum Mittagessen eine Tablette einnehmen, ja?" Ohne auf eine Antwort zu warten, legte er auf und lief wieder in Richtung seines Schließfaches. Jetzt musste er wenigstens nicht anhören, wie Carl die ganze Nacht schrie, weil er so schreckliche Ohrenschmerzen hatte. Wobei man eigentlich hätte annehmen dürfen, dass seine Mutter sich darum kümmerte.
„Mr Fascinelli", rief eine bekannte Stimme. Etwas zu bekannt.
Anthony drehte sich um. „Mr Shapiro! Guten Tag. Ich hoffe, Sie hatten schöne Ferien", sagte er mit geheuchelter Freude. Das durfte doch gar nicht wahr sein! Erst Finken-Englisch mit laut Vorlesen, und jetzt ein Schwätzchen mit dem Direktor. Anthony hätte wetten können, dass der erste Schultag des Mädchens aus der Gruppe im Vergleich hierzu ein Sonntagsspaziergang war.

Shapiro sah nicht besonders erfreut aus. Seine mattgrünen Augen blickten starr, und seine Lippen sahen noch dünner aus als sonst, weil er sie so fest aufeinander presste.

„Ich habe den neusten Bericht von deiner Gruppentherapeutin im Oakvale-Institut bekommen", sagte Mr Shapiro. „Anscheinend machst du Fortschritte in deinem Konfliktverhalten. Ich erwarte, dass du das in diesem Schuljahr unter Beweis stellst."

Anthony nickte. Es war klar, dass er darauf nicht zu antworten brauchte.

„Ich gebe dir einen guten Tipp: Ein Schritt zu weit in diesem Schuljahr, und dann fliegst du raus."

Anthony nickte wieder. Das war ein besseres Konfliktverhalten, als mit der Faust gegen die nächste Wand zu prügeln. So viel hatte er gelernt. Aber was wollte dieser Typ eigentlich von ihm? Anthony hatte doch gar nichts getan. Überhaupt nichts. Und trotzdem machte ihm Shapiro schon Stress. Schöner Anfang für das neue Schuljahr!

„Jetzt mach, dass du weiterkommst", sagte Shapiro. „Du willst doch nicht am ersten Tag schon zu spät zum Unterricht kommen."

„Natürlich nicht", antwortete Anthony, ohne die Ironie in seiner Stimme zu verbergen. Er drückte sich an Shapiro vorbei, streifte ihn dabei aber wie zufällig mit der Schulter. Es hätte ein Versehen sein können. Anstatt dann zu seinem Schließfach zu gehen, ging er auf die Toilette. Im Moment konnte er keinen weiteren Unterricht ertragen.

Anthony schloss sich in einer Toilette ein, öffnete seinen Rucksack und zog eine Plastiktüte aus einem der Reißverschlussfächer. Schon während er das Päckchen in der Hand hielt, verlangsamte sich sein Herzschlag wieder, und der Gurt um seinen Kopf lockerte sich.
Er drehte sich so schnell es ging einen Joint. *Yeah!*, dachte er, als er den ersten Zug inhalierte und den Rauch in seiner Lunge hielt. *So sollte man den ersten Schultag beginnen.* Er hörte, wie die Tür zu den Toiletten geöffnet wurde, und überprüfte kurz das Schloss an seiner Tür, ob es auch wirklich verriegelt war.
„Hier hat doch jemand diesen besonders guten Tabak", sagte eine Stimme.
„Und dieser Jemand sollte uns unbedingt etwas davon abgeben", fügte eine andere Stimme hinzu. „Du bist gemeint, Fascinelli."
Einen Augenblick später erschien der Kopf von Gregg Borgenicht über der linken Toilettenwand, dem im selben Moment der von Mike Tarcher auf der rechten Seite folgte.
„Bitte-bitte", bettelte Gregg. Er hörte sich an wie ein kleines Kind. Und mit seinem runden Gesicht sah er auch genauso aus. Trotz des zipfeligen Ziegenbärtchens.
Anthony nahm noch einen Zug, bevor er Gregg den Joint reichte. Wer wusste, wann er ihn wieder zurückbekommen würde? Trotzdem war er froh, dass die Jungen da waren. Mit ihnen zusammen zu rauchen war einfach lustiger als allein. Sie brachten ihn immer zum Lachen.

„Wir müssen Anthony unsere Frage stellen", sagte Mike zu Gregg.

„Unbedingt", antwortete Gregg mit fast geschlossenen Lippen, damit er keinen Rauch verlor. Obwohl er offensichtlich, zumindest schon ein gutes Stück, in Bestform war – wenn man die roten Augen betrachtete und die Pupillen, die so groß waren, dass sie das Blau beinahe völlig verdrängt hatten.

„Also gut. Angenommen, die Welt bestünde aus Käse", begann Gregg. Er hängte seine Ellbogen über die Trennwand zu Anthonys Toilette, wahrscheinlich um auf der deckellosen Klobrille die Balance zu halten. „Was meint ihr, was dann das Geld wäre? Ich würde sagen, Kräcker. Weil man zu Käse einfach Kräcker braucht. Mike meint allerdings, das Geld bestünde dann aus ..." Gregg unterbrach sich, weil er gerade am Zug war, dann fuhr er mit belegter Stimme fort: „Er meint, das Geld bestünde dann aus *Dr. Peppers* Drinks."

„Weil *Dr. Peppers* zu Käse einfach super schmeckt", warf Mike ein. „Ohne *Dr. Peppers* kann man Käse eigentlich gar nicht essen." Er griff mit seinen langen, dünnen Fingern nach dem Joint. Gregg wollte ihn gerade an ihn weiterreichen, aber Anthony kam ihm dazwischen. Das war immerhin sein letzter.

Anthony bellte ein kurzes Lachen. „Und wieso soll Geld nicht einfach Geld bleiben, ihr Genies?", fragte er. „Dann könnten die Leute damit *Dr. Peppers* oder Kräcker kaufen oder was ihnen sonst noch zum Käse schmeckt."

Gregg schnaubte. „Du schnallst es einfach nicht, du Genie! Die ganze Welt – besteht doch aus Käse. Einfach alles! Die Leute würden gar nicht mehr mit den normalen Münzen herumlaufen."

„Ja, weil es gar kein normales Metall mehr gäbe, um Münzen zu machen", fügte Mike hinzu, während er an den vereinzelten Haaren an seinem Kinn herumfummelte. „Es würde stattdessen Käsevorkommen im Boden geben. Verschiedene Sorten, die man gleich essen kann."

Anthony nahm noch einen Zug und versuchte sich die Käsewelt vorzustellen. Er war sich ziemlich sicher, dass Rae und ihre Schulfreunde keine solchen Gespräche führten. Wahrscheinlich sprachen sie nur darüber, auf welches College sie später gehen würden. Mit Mamas und Papas Geld.

„Wären die Gebäude dann auch aus Käse?", fragte Anthony. Er fühlte sich langsam schon ein bisschen benommen.

„Käse wäre das Hauptbaumaterial", antwortete Gregg.

„Mit Erdnussbutter als Zement. Wie bei den *7-Eleven*-Kräckern", schlug Mike vor.

„Die mag ich besonders gern", sagte Anthony. Er lächelte, als er sich die Kräcker dieser Snackshop-Kette vorstellte. Lecker orange. Und so knusprig.

„Erdnussbutter kann aber nur bei Kräckern der Zement sein. Und nicht zwischen Käse", sagte Gregg leicht angesäuert zu Mike. „Denk doch mal nach!"

„Geht's ein bisschen leiser?", sagte Anthony. „Oder wollt ihr Shapiro dazuholen?"

„Ich will lieber so ein paar Kräcker", flüsterte Mike. „Wie wäre es mit einem Trip zu *7-Eleven?*", wandte er sich an Anthony.

Anthony fuhr sich mit den Fingern über das Gesicht und verbrannte sich dabei mit dem Joint fast eine Augenbraue. „Ich muss zu meiner nächsten Stunde", sagte er. „Ich habe schon eine geschwänzt."

„Wir haben alle schon eine geschwänzt." Mike schnappte sich den Joint. „Aber wir hauen trotzdem jetzt ab und kommen zur Mittagspause wieder. Dann merkt es keiner."

Und ich könnte mir bei Rick eine neue Tüte besorgen, dachte Anthony. Wahrscheinlich arbeitete er heute. Und falls nicht, dann hing er sicher auf dem Parkplatz vom *7-Eleven* herum, damit seine Stammkunden ihn finden konnten.

„Also, kommst du jetzt mit, oder nicht?", fragte Gregg.

Anthony guckte auf Greggs Armbanduhr. Er würde auf keinen Fall bis zu seiner Finken-Geschichtsstunde zurück sein. Er hatte zwar keine Lust auf eine weitere Stunde Folter, aber er wollte unbedingt seinen Abschluss schaffen, damit die Folter eines Tages doch noch ein Ende hatte. Wenn er zu viel Zeit mit Gregg und Mike verbrachte, würde daraus sicher nichts werden. Gregg war schon einmal sitzen geblieben.

„Geht nicht", sagte Anthony. „Aber kauft mir ein paar Erd-

nussbutter-Kräcker. Und esst sie nicht alle auf dem Rückweg auf", befahl er Mike, dann gab er ihm Geld. Mike und Gregg schenkten ihm einen flüchtigen Abschiedsgruß, dann verschwanden sie aus dem Blickfeld. Die Tür fiel hinter ihnen ins Schloss, bevor Anthony realisiert hatte, dass Mike mit seinem letzten Joint abgehauen war.
Auch egal, sagte Anthony zu sich selbst. *Du willst ja kein Weichei auf Beinen werden wie die beiden.* Er setzte sich auf den Toilettenrand. *Also gut. Für dich gibt's ab sofort kein Shit mehr, junger Mann. Nicht bevor die Woche nur noch aus vier Tagen besteht. Du musst den Abschluss schaffen. Sonst bleibst du hier bis zum Ende deines beschissenen Lebens. Oder arbeitest bei 7-Eleven und verkaufst Fresspakete an Gregg und Mike.*

Jetzt aber raus hier, dachte Anthony, während er durch den Eingang der Fillmore Highschool eilte. Nur noch ein paar Dutzend Schritte, dann hatte er das Schulgelände hinter sich gelassen. Zumindest bis morgen. Er beschleunigte den Schritt, blieb dann aber stehen, als er Rick Nunan sah, der sich an eine der beiden Eichen lehnte, die vor dem Schulgebäude standen. Rick hatte ihn schon entdeckt, darum hatte es keinen Sinn, wenn Anthony so tat, als hätte er ihn nicht gesehen.
„Ich habe mir gedacht, dass du völlig abgebrannt sein musst", sagte Nunan, als Anthony näher kam. „Und weil du zu meinen ganz speziellen Kunden gehörst, habe ich mich entschlossen, dir etwas zu bringen."

Im Klartext: Du brauchst ganz dringend Geld, dachte Anthony. Nunan war eigentlich ganz okay. Sie gingen öfter zusammen weg. Aber er war kein Ich-tu-das-alles-nur-aus-tiefster-Menschlichkeit-Typ. Ganz und gar nicht.
„Muss leider passen", sagte Anthony.
„Bist du pleite? Ich kann dir ein paar Tage aushelfen." Nunan fuhr sich mit den Händen über seinen rasierten Schädel. Wenn er high war, konnte er allein wegen des Gefühls seiner Kopfhaut unter seinen Fingern stundenlang kichern.
„Nein, es ist nur ..." Anthony zuckte die Schultern. „Ich bin einfach nicht in Stimmung." Was vollkommener Blödsinn war. Aber er hatte sich vorgenommen, nichts mehr zu kaufen. Er wollte den Abschluss an dieser Schule schaffen, ohne dafür noch zehn weitere beschissene Jahre zu brauchen.
„Nicht in Stimmung?", wiederholte Nunan. „Rauch was, dann kommst du in Stimmung." Er strich sich wieder über den Kopf.
„Such dir lieber einen anderen speziellen Kunden", meinte Anthony. *Und zwar sofort,* fügte er in Gedanken hinzu. Es juckte ihn schon in den Fingern, nach seiner Brieftasche zu greifen.
Nunan kam einen Schritt näher, und Anthony wallte Rauchgeruch entgegen.
„Der Stoff ist absolut erste Wahl. Nunan hat ihn selbst getestet und für gut befunden."
Anthony dachte nicht nach. Er reagierte nur – indem er

ausholte und Nunan mit beiden Händen von sich stieß. Nunan, das Weichei, landete auf dem Arsch.

„Gibt es Probleme, Mr Fascinelli?", rief eine Stimme. Anthony guckte über seine Schulter. Oh, verdammte Scheiße! Mr Shapiro hatte den kleinen Zwischenfall wohl gesehen. Und seine Lippen waren so fest aufeinander gepresst, dass sie praktisch in seinem Mund verschwanden.

„Schon gut!" Anthony streckte die Hand aus, fasste nach Nunan und zog ihn hoch. „Alles in Ordnung, stimmt's, Rick?"

„Das Schulgelände ist für Fremde verboten", sagte Shapiro zu Nunan. Nunan brauchte einen Augenblick, bis er verstand, dass er gehen sollte. Aber schließlich kapierte er es und verschwand.

„Ich habe das Gefühl, du hast mir heute Morgen nicht richtig zugehört, Anthony", sagte Shapiro, wobei er seinen Mund nur so weit öffnete, dass die Worte gerade noch herausschlüpfen konnten.

„Doch, doch, das habe ich", beteuerte Anthony. Er hasste es, wie sich seine Stimme dabei anhörte. Wie ein Kleinkind. *Nicht schimpfen, Mammi. Ich will es auch nicht wieder tun.*

Shapiro nickte. „Das werden wir ja sehen, nicht wahr?" Er drehte sich um und ging ohne ein weiteres Wort davon.

Das wunderbare Ende eines wunderbaren Tages. Aber wenigstens ist er vorbei. Und ich habe ihn überlebt. Ob Rae ihren ersten Schultag wohl auch überlebt hat?

KAPITEL  VIER

"Na, wie war's in der Schule?", fragte ihr Vater, noch bevor sie mit dem Hintern im Auto saß.
Rae zog die Tür zu. „Tag zwei war etwa so wie Tag eins", antwortete sie. Starrende Blicke. Extreme Freundlichkeit. Extreme Unsicherheit. Unwillkürliche Nicht-ihre-eigenen-Gedanken darüber, wie psychopathisch sie war. Plus – zur Abwechslung – einige zweifellos eigene Gedanken darüber, wie psychopathisch sie war. „Der übliche Organisationskram wie immer", erklärte sie, während ihr Vater aus der Einfahrt fuhr.
/ *JUCHUUU! JETZT GEHT'S LOS* /
Ein säuerlicher Geschmack stieg Rae in den Mund. Sie öffnete das Handschuhfach ...
/ **Was soll ich nur zu ihr sagen?** /
... und wühlte nach Kaugummi. Sie fand aber keinen, darum knallte sie das Fach wieder zu.
/ **Rachel** /
Oh, Gott! Dieser Gedanke – es kam ihr vor, als stammte er von ihrem Vater. Nicht wegen seines Klangs. Sondern er hatte ... eine Art Beigeschmack.
Sie rief sich ins Gedächtnis, was Dr. Warriner gesagt hatte,

als sie zugegeben hatte, dass ihr die Gedanken manchmal von ganz anderen Leuten zu stammen schienen. Vor allem die Gedanken über sie selbst:

Das ist für paranoide Vorstellungen charakteristisch, Rae. Du stellst dir vor, dass die Leute diese Dinge über dich denken müssen. Darum projizierst du diese Gedanken auf sie – in deinem eigenen Kopf.

Rae lehnte sich zurück und rieb sich die Stirn. *Vielleicht kann mir ein Exorzismus helfen?*, überlegte sie.

„Sollen wir auf dem Weg kurz anhalten? Für einen *Slurpee*-Shake bei *7-Eleven*?", fragte ihr Vater.

„Nein, vielen Dank. Nur wenn du einen willst", antwortete Rae. Sie drehte ihren Kopf zum Fenster, damit er die Tränen nicht sehen konnte, die ihr in die Augen stiegen. Würde er irgendwann damit aufhören, ihr mit dieser albernen, aufgekratzten Stimme Angebote zu machen?

„Ich steh eigentlich auch nicht so auf *Slurpee*-Shakes. Obwohl mir das Wort sehr gut gefällt. Es ist lautmalerisch, findest du nicht?", fragte ihr Vater. „Slurp klingt doch genau wie der Laut, den man beim Schlürfen macht."

Himmel! Jetzt fängt er an zu dozieren, dachte Rae. Sie blinzelte ein paar Mal, dann waren ihre Augen wieder klar.

Sie waren noch etwa eine Viertelstunde vom Oakvale-Institut entfernt. Und sie hielt das hier nicht aus. „Dad? Wie war Mom, als du sie im Krankenhaus besucht hast?"

Oh je!, dachte sie. So hatte sie das gar nicht fragen wollen. Sie hatte eigentlich nur das Thema wechseln wollen, und dann war ihr diese Frage nach Mom herausgerutscht. Rae sah kurz zu ihrem Vater hinüber. Er schien aber nicht verärgert zu sein. Er sah aus, als dächte er über ihre Frage gut nach.

„Sie war eigentlich ziemlich klar", sagte er schließlich. „Obwohl sie die Medikamente, die sie ihr gaben, manchmal ein bisschen ... benommen machten. Deine Mutter war sehr geistreich." Er streckte die Hand aus und berührte Rae kurz im Gesicht. „Du kannst ja auch sehr geistreich sein."

Geistreich sein – leicht gemacht. Schritt eins: Verrückt werden, dachte Rae.

„Wenn ich bei ihr war, führten wir ganz wunderbare Gespräche", fuhr ihr Vater mit ein wenig belegter Stimme fort. „Natürlich haben wir sehr viel von dir geredet. Sie wollte jede einzelne Kleinigkeit wissen. Jeden Rülpser und jedes Lächeln. Aber wir haben auch über philosophische Themen gesprochen, wie damals, als wir uns kennen lernten."

Er hat sie total geliebt, dachte Rae. Das merkte man, sobald er von ihr sprach. Sobald Rae es zuließ, dass er von ihr sprach. Sie wusste, dass er mehr von ihr sprechen würde, wenn sie dabei nicht jedes Mal aufbrausen und ihn daran erinnern würde, was diese Göttin getan hatte.

„Hattest du niemals das Gefühl, dass irgendetwas nicht stimmen könnte? Ich meine, bevor es passierte?", fragte Rae. Normalerweise hasste sie es, sich über ihre Mutter zu unterhalten. Aber jetzt benötigte sie diese Informationen.

„Nein", antwortete er prompt. „Eigentlich nicht", fügte er

hinzu. Dann stockte er. „Nur dass sie kurz ... davor ziemlich nervös war. Sie war überglücklich, weil du geboren warst. Aber ich hatte den Eindruck, dass sie vor irgendetwas Angst hatte. Sie wollte mir allerdings nicht sagen, was es war. Auch später nicht, als sie im Krankenhaus war." Er sah Rae kurz an, wobei seine blauen Augen ungewöhnlich intensiv blickten. „Ich glaube, sie wollte mich vor irgendetwas schützen. So war sie nämlich: Sie stellte immer alle anderen über sich selbst."

Rae konzentrierte sich darauf, die Gebläsedüse der Klimaanlage einzustellen. Wenn es Dad half, sich Illusionen zu machen, dann wollte sie diese hübsche Seifenblase nicht zerstören.

„Ich wollte sie nicht bedrängen. Nicht, solange sie im Krankenhaus war. Ich dachte, dass sie mir später immer noch sagen könnte, wovor sie Angst gehabt hatte. Aber dann, ein paar Monate nachdem sie eingewiesen worden war, wurde sie krank. Ihr Körper begann zu verfallen. Es ging so schnell, dass die Ärzte nicht mal mehr eine Diagnose stellen konnten, bevor sie starb", fuhr er fort. „Und ich hatte nie mehr ... Wir hatten nie mehr die Gelegenheit, miteinander zu sprechen." Er griff nach der Sonnenbrille auf dem Armaturenbrett und setzte sie auf. Trotzdem hatte Rae die Tränen in seinen Augen noch gesehen. „Die Ärzte wollten eine Autopsie machen", fuhr er fort. „Aber ich habe es nicht erlaubt. Ich ... ich konnte einfach nicht." Raes Vater wischte sich mit seinem weißen Hemdärmel über die

Augen, dann steuerte er auf die Ausfahrt zu, die zum Oakvale-Institut führte.

„Danke, dass du mir das erzählt hast", sagte Rae leise.

„Ich werde deine Fragen immer beantworten", sagte er und warf ihr einen Blick zu. „Ich will, dass du alles über deine Mutter weißt. Du hättest sie gemocht, Rae. Du hättest sie geliebt."

Rae schob ihr dünnes Perlenhaarband zurecht. Sie und ihr Vater verfielen in ein irgendwie tröstliches Schweigen, das andauerte, bis sie auf dem Parkplatz von Oakvale ankamen.

„Bis in einer Stunde", sagte ihr Vater.

Rae nickte und öffnete die Tür.

/ Juchuu! Jetzt geht's los /

Schon wieder dieser Gedanke. Sie hatte schon mitbekommen, dass manche Gedanken eine Art Schleife beschrieben. Sie kamen immer wieder zurück, wobei sie jedes Mal ein bisschen undeutlicher wurden. Was ermutigend gewesen wäre. Aber leider empfing sie ja am laufenden Band immer neue Nicht-ihre-Gedanken, und die kamen klar und deutlich an.

Rae warf die Autotür zu ...

/ warum ist das /

... und stutzte. Irgendwie war dieses Warum-ist-das angenehmer als viele andere Gedanken. Fast wie ein eigener Gedanke von ihr, wenn auch nicht ganz. Und der Juchuu-Gedanke ging auch in diese Richtung. Wie kam das? Sie konnte es sich nicht erklären.

„Und? Wo sind meine zehn Mäuse?", rief eine Stimme hinter ihr, während sie auf den Haupteingang des Oakvale-Instituts zuging. Rae drehte sich um und sah Anthony auf sich zukommen. Er streckte seine Hand aus, um das Geld einzusacken.

Wenigstens ist er nicht so scheißfreundlich zu mir, dachte sie. *Als reichte ein falsches Wort, und dann müsste jemand die Zwangsjacke holen.*

Rae gab sich noch nicht mal Mühe, so zu tun, als hätte Anthony sich wegen der Schule getäuscht. Sie langte in ihre Strohtasche, um nach ihrer Brieftasche zu suchen. Aber bevor sie sie finden konnte, fasste Anthony sie am Handgelenk. Seine Finger fühlten sich leicht an, aber fest.

„Lass stecken", sagte er.

Rae sah auf ihr Handgelenk, und Anthony ließ im selben Augenblick los. Sie sah, dass er heute kein *Backstreet Boys*-T-Shirt trug. Stattdessen ein verwaschenes braunes T-Shirt, wodurch seine dunklen Augen noch dunkler wirkten. Außerdem passte es ihm auch besser und ließ einige sympathische Ausprägungen in der Brust- und Bauchgegend erkennen. Sehr attraktiv.

„Und? Die reine Hölle, die ersten beiden Tage?", meinte Anthony, ohne Rae dabei direkt in die Augen zu sehen.

Rae schnaubte. „Lass mich nachdenken", sagte sie sarkastisch. „Für die Leute in der Schule bin ich entweder das arme Ding, das beim Essen jemanden braucht, der ihm den Mund abwischt, oder ich bin die Durchgeknallte, zu der man den Kontakt vermeiden sollte, da ich mit einer Art Verrücktheits-Virus behaftet bin. Das gilt selbst für meine Freunde. Kann man das höllisch nennen?"

„Es ist zum Kotzen", sagte Anthony. Er brachte es über sich, sie kurz anzusehen.

Zu ihrer Überraschung sah Rae Mitgefühl in seinem Blick. Kein Arme-kleine-Rae-Mitleid. Sondern tatsächlich echtes Mitgefühl.

„Stimmt", pflichtete Rae bei. „Sogar absolut zum Kotzen. Wie war es denn bei dir? Ist es dir am Ende auch hochgekommen?"

Anthony lachte rau. „Nein. Auch wenn mir nach einem Tag mit den Finken durchaus danach zu Mute gewesen wäre."

„Finken?" Rae schüttelte kurz den Kopf. „Was sind denn ..." Ein leuchtendes Rot kroch seinen Nacken hinauf. „Lernschwache Schüler", murmelte er. „Ich muss grade mal ein Leck abdichten." Damit zog er ab.

Hoppla, dachte Rae. Das war ja ein merkwürdiger kleiner Austausch. Einer, bei dem wir uns beide so ziemlich die Wahrheit gesagt haben – ohne es zu wollen.

Sie drückte einen Flügel der Doppeltür auf ...

/ SO EIN VOLLIDIOT /

... und trat ein. Ein Mädchen aus Raes Gruppe, auch etwa in ihrem Alter, das aussah, als kaufte es seine Klamotten nur im Army Shop, stapfte auf sie zu. „Ich finde es unmöglich, dass wir schon wieder Gruppensitzung haben. Wieso müssen wir uns denn dreimal die Woche treffen? Das ist doch lächerlich!"

„Stimmt", pflichtete Rae bei. Am liebsten wäre sie einen Schritt zurückgewichen, tat es aber doch nicht. *Wirke ich vielleicht auch so auf die Leute?*, dachte sie. *Hysterisch, überreizt und kurz vor dem Ausrasten?*

„Hey", sagte das Mädchen und strich sich nervös über den Hals. „Deine Mascara ist ein bisschen verschmiert. Soll ich dir sagen, wo die Toilette ist? Gleich da ..."

„Ich weiß. Danke, Cynda", sagte Rae, die sich endlich an den Namen des Mädchens erinnerte. *Und danke für die fabelhafte Ausrede, abhauen zu können,* fügte Rae tonlos hinzu, während sie den Flur entlangeilte. Sie öffnete die Tür zu den Toiletten ...

/ **ABSOLUTER VOLLIDIOT** /

... und stieß fast mit Anthony zusammen. „Die Jungentoilette steht unter Wasser", murmelte er, während er sich an ihr vorbeidrückte.

Von mir aus, dachte Rae. Sie lief zum nächsten Spiegel und sah hinein. Wovon hatte diese Cynda denn geredet? Raes Mascara war kein bisschen verschmiert. Sie lehnte sich an das Edelstahlbecken ...

/ *keine Ahnung, was mit ihr los ist* /

... um genauer hinsehen zu können. Und plötzlich ließ ein Schlag den Boden unter ihren Füßen erzittern. Irgendetwas Hartes knallte gegen Raes Kopf. Sie fiel auf die Knie. Vor ihren Augen explodierten weiße Pünktchen.

Undeutlich nahm sie Schreie auf dem Flur wahr. Aber die Geräusche klangen viel zu weit entfernt. Und etwas Warmes lief ihren Hals entlang. *Blut*, wurde ihr plötzlich klar. Von ihrem Kopf. Sie musste aufstehen. Hilfe holen.
Sie griff mit beiden Händen nach dem Becken ...
/ *sie werden denken, dass es Anthony war* / *Rae unbedingt umbringen* / *hier rauskommen* /
... und zog sich auf die Beine. Ihre Knie fühlten sich weich wie Marshmallows an. Sie umklammerte das Waschbecken fester, damit sie nicht wieder hinfiel.
/ *wie geht das Ding* / *hätte mitbringen sollen* / *Rae unbedingt umbringen* /
Da war dieser Gedanke schon wieder. Warum nur? *Rae unbedingt umbringen.* Hatte etwa gerade jemand versucht, sie umzubringen?

Anthony sprang so schnell von seinem Metallstuhl auf, dass er zu Boden fiel. Eine Explosion – dem Klang nach kam sie aus der Richtung der Mädchentoilette. Wo Rae war! Sein Körper reagierte sofort. Er verließ bereits den Raum, lief in Sekundenschnelle den Flur entlang und öffnete die Tür zu den Toiletten.
Sobald er im Waschraum stand, stürzte ein Dutzend unterschiedlicher Eindrücke auf ihn ein. Die Kabinentüren standen offen. Der Geruch von Rauch. Der Geruch von Blut. Die Scherben zerbrochener Fliesen. Rae auf den Füßen stehend, schwankend, vor einem zersprungenen Spiegel.

Genau in dem Moment, als ihre Knie einknickten, war Anthony bei ihr und fing sie auf, bevor sie hinfiel. Er hob sie hoch, einen Arm um ihre Schultern, einen unter ihren Knien, um sie aus der Toilette zu tragen. Die Tür schob er mit dem Rücken auf. Ihr Gesicht war völlig bleich geworden, und ihre Augen waren nur einen Spalt breit geöffnet.
„Ich bringe sie zur Schulschwester", verkündete er, als er sich an Mrs Abramson und den anderen Mitgliedern der Gruppe vorbei schob.
„Alle zurück in den Gruppenraum. Und keiner geht in die Toilette!", rief Mrs Abramson. Einen Augenblick später hatte sie Anthony eingeholt. „Rae, kannst du mich hören?", fragte sie laut.
Anthony blickte in Raes Gesicht. Sein Magen rebellierte, als sie ihre Augenlider aufschlug und ihm direkt ins Gesicht sah.
„Ich muss nicht getragen werden", sagte sie. „Ich bin völlig in Ordnung."
„Ja ja. Schon gut", antwortete Anthony. Er dachte keine Sekunde daran, sie abzusetzen. Warum wollte sie sich eigentlich nie helfen lassen?
„Die Tür. Warte ..." Mrs Abramson eilte voraus und stieß die Tür zum Zimmer der Schulschwester auf. „Sheila, du wirst gebraucht", rief sie, und ihre Stimme klang schrill.
Als Anthony die Tür erreichte, drehte er sich seitlich und manövrierte Rae und sich vorsichtig hindurch. Mit dem

Kopf anzuschlagen war das Letzte, was sie jetzt brauchen konnte. Er fühlte, wie ihr Blut in sein T-Shirt sickerte.
„Leg sie da hin", befahl die Krankenschwester und zeigte auf die nächst stehende der drei Liegen an der Wand.
„Ich kann aber gehen", protestierte Rae und wand sich ein wenig.
„Du kannst auf deinen Hintern fallen", antwortete Anthony. Er ging zu der schmalen Liege und legte Rae vorsichtig auf dem dünnen blauen Vlies ab. „Und versuch gar nicht erst, dich aufzusetzen", warnte er sie. Er machte einen Schritt zurück, damit die Krankenschwester an die Liege herantreten konnte, aber er ließ Rae nicht aus den Augen. Sein Blick haftete an dem dünnen Kratzer, der auf der einen Seite ihres Gesichts von oberhalb der Wange bis zum Mundwinkel hinunter verlief.
„Anthony, wir haben die Sache jetzt im Griff", sagte Mrs Abramson zu ihm. „Du kannst zurück in den Gruppenraum gehen."
Er nickte, wich aber nicht vom Fleck. Er dachte, er müsse noch etwas tun. Wasser. Bestimmt würde Rae ein bisschen Wasser trinken wollen. Anthony sah sich um und entdeckte den Wasserbehälter. Er eilte darauf zu. Anstatt der kleinen Papierbecher nahm er einen großen blauen Plastikbecher vom Regal über der Kaffeemaschine. Sobald er ihn gefüllt hatte – einen ordentlichen Schluck, aber nicht so viel, dass Rae das Wasser verschütten konnte – eilte er wieder zu der Liege.

„Hier. Für dich." Anthony stellte den Becher auf den kleinen Tisch neben Rae. Er zögerte noch einen Moment, aber ihm fiel nichts mehr ein, was sie noch gebrauchen konnte. Darum ging er hinaus.

Noch bevor er den halben Weg dorthin zurückgelegt hatte, konnte er schon das Chaos aus dem Gruppenraum hören.

„Ist alles in Ordnung?", fragte Cynda, sobald er den Raum betrat. Sie nagte an ihrem Zopfende, während sie auf seine Antwort wartete.

„Soweit", sagte Anthony. Er wollte sich auf den nächsten freien Platz setzen, wurde aber von Jesse aufgehalten.

„Sie sagen, es wäre eine Rohrbombe gewesen", sagte Jesse. Offensichtlich lag ihm daran, derjenige zu sein, der die Information an Anthony weitergab.

„So ein Quatsch. Wer soll denn eine Rohrbombe in die Mädchentoilette legen?", entgegnete Anthony. Sein Herz schlug immer noch wie verrückt, und sein Körper hatte immer noch nicht mitbekommen, dass er kein Adrenalin mehr produzieren musste. Und auch keinen Schweiß.

„Ich weiß auch nicht. Aber jedenfalls habe ich Mr Rocha das sagen hören", antwortete Jesse. Er strich sich mit den Fingern die roten Haare aus der Stirn. „Du hättest ihn mal sehen sollen. Der kleine Nerv an seinem Auge sah aus, als wollte er gleich explodieren. Rocha ist wegen dieser Sache auf hundertachtzig."

Klar, und ich wette, ich stehe ganz oben auf seiner Liste, dachte Anthony. *Wenn es irgendeinen Ärger gibt, nach wem sucht*

man dann? Nach Fascinelli. In dieser Hinsicht war Mr Rocha, der Leiter des Instituts, genau wie Mr Shapiro.
Aber diesmal habe ich eine weiße Weste, sagte Anthony sich. *Diesmal kann Rocha sich noch so auf den Kopf stellen. Bei dieser Sache wird er mir nichts anhängen können.*
Abgesehen von der kleinen Tatsache, dass Rae Anthony aus der Mädchentoilette kommen gesehen hatte. Der Schweiß auf seinem Körper wurde kalt. Rae hatte ihn zwei Minuten bevor die Bombe explodiert war, am Tatort gesehen. Allerdings.
Sie wird nichts sagen, beruhigte er sich selbst. Sie waren zwar nicht befreundet, das konnte man wirklich nicht sagen, aber sie würde schon nicht ... Anthony zupfte kurz am Ärmel seine T-Shirts. Raes Blut begann auf seiner Haut zu kleben.
Wir haben uns bis dahin insgesamt vielleicht zwei Stunden gesehen, dachte er. *Sei realistisch! Du kannst überhaupt nicht einschätzen, was sie sagen wird oder nicht. Fascinelli, du bist und bleibst wirklich ein absoluter Spinner!*

KAPITEL FÜNF

„Kannst du schon wieder sitzen?", wollte Mr Rocha von Rae wissen. „Sonst gehen wir zurück ins Schwesternzimmer und reden dort. Damit du dich wieder hinlegen kannst."

„Es geht schon", sagte Rae. Sie fühlte vorsichtig nach dem Verband an ihrem Kopf ...

/ **so gut wie neu** /

... und verzog das Gesicht, als sie merkte, dass ein bisschen Blut hindurchgesickert war.

„Bist du sicher?", fragte Mr Rocha.

Als wenn Sie das wirklich interessieren würde, dachte Rae. Sie konnte keine echte Sorge in seinen nussbraunen Augen erkennen. Und auch wenn es ganz angenehm gewesen wäre, sich wieder hinzulegen – sie hatte einfach keine Lust, diese Unterhaltung zu führen, während sie im Bett lag und Rocha sich über sie beugte. Einfach ekelhaft.

„Es geht schon", wiederholte Rae.

„Du hast ganz schön Glück gehabt", erklärte Mr Rocha und rückte seinen Briefbeschwerer aus Kristall gerade, sodass er sich genau in der Mitte des Papierstapels auf seinem Schreibtisch befand. „Wenn du bei der Explosion ein paar

Schritte näher an der Bombe gestanden hättest, könnten wir uns jetzt nicht mehr darüber unterhalten, ob du sitzen kannst oder nicht. Dann wärst du jetzt nämlich im Krankenhaus. Oder tot."

„Moment mal. Eine Bombe? Das war eine Bombe?", fragte Rae.

Dieser Nicht-ihr-eigener Gedanke, der sie in der Toilette durchzuckt hatte, fiel ihr wieder ein. *Rae unbedingt umbringen.* Hatte das vielleicht wirklich etwas zu bedeuten? Versuchte jemand sie umzubringen?

„Eine Rohrbombe", antwortete Mr Rocha. „Sie war in der Kabine deponiert, die am nächsten zur Tür liegt." Er beugte sich über den Schreibtisch zu Rae hinüber. „Eins muss ich unbedingt wissen: Ist dir in der Toilette irgendetwas Ungewöhnliches aufgefallen?"

Anthony, dachte sie, und ihr Magen hüpfte in Zeitlupe einmal auf und nieder. Es war doch irgendwie ungewöhnlich, dass ein Junge aus der Mädchentoilette kam.

„Ich meine, irgendeine Kleinigkeit", ergänzte Mr Rocha, wobei ihm ein paar Tröpfchen Speichel aus dem Mund flogen.

Die Wunde an Raes Hinterkopf begann im Takt ihres Herzschlags zu pochen. „Ich verstehe das nicht. Was soll denn eine Rohrbombe in der Mädchentoilette? Hat vielleicht jemand versucht, das ganze Haus in die Luft zu sprengen, oder was?"

Das wäre einigermaßen nahe liegend gewesen. Die Leute

kamen ja nicht ins Oakvale-Institut, weil sie völlig okay waren. Vielleicht war einer der Verrückten der Ansicht, dass es seine Aufgabe war, diesen Ort zum Teufel zu schicken.

Rocha schüttelte den Kopf. „Nein. Es sei denn, man hätte sich in dem Verantwortlichen ernsthaft getäuscht", antwortete er. „Die Bombe war nicht stark genug, um mehr als die Toilette zu zerstören. Versuch dich bitte an jedes Detail zu erinnern. Selbst die winzigste Spur kann mir helfen, denjenigen, der das getan hat, zu finden."

Was würde er wohl sagen, wenn ich ihm erzählen würde, dass ich einen Nicht-meiner-Gedanken in der Toilette hatte? Einer, der lautete: Rae unbedingt umbringen? Sie konnte sich selbst förmlich dabei zuhören: *Die Bombe ist gelegt worden, weil mich jemand umbringen möchte, Mr Rocha. Das hat mir irgendwer in meinem Kopf gesagt.* Damit wäre sie ruckzuck wieder im Krankenhaus. Und womöglich für einen längeren Aufenthalt als in den Sommerferien.

Aber wenn ich diese Kabine betreten hätte, wäre ich jetzt tot, dachte Rae plötzlich. Ein Zittern bahnte sich seinen Weg durch ihren Körper. Sie griff nach dem großen Becher Wasser, der auf Rochas Schreibtisch stand.

/ SIE IST NETT / SO BLASS / WAS KANN ICH SONST NOCH FÜR SIE TUN /

Irgendwie kamen ihr diese Gedanken so vertraut vor. Wie wenn man jemanden im Fernsehen für irgendetwas Reklame machen hört und dann mitbekommt, dass es ein abgehalfterter Promi ist. Kathleen Turner zum Beispiel, die Reklame für *Burger King* machte.

„Irgendeine Kleinigkeit, Rachel", drängte Mr Rocha.

„Ich habe den Raum betreten und bin ans nächste Waschbecken gegangen", sagte Rae. Die Nicht-ihre-Gedanken kamen immer wieder, verklangen langsam, ohne überlagert zu werden. Sie wurden nur leiser und weniger deutlich.

/ SIE IST NETT / SO BLASS / WAS KANN ICH SONST NOCH FÜR SIE TUN /

Anthony, dachte sie plötzlich. *Sie erinnern mich an Anthony.* Was aber keinen Sinn ergab. Außer dass er so besorgt ausgesehen hatte, als er sie zur Schulschwester gebracht hatte. Besorgt um sie. Die Gedanken passten zu dem, wie er sich verhalten hatte.

„Ich habe im Spiegel mein Make-up überprüft. Dann ... Bumm! Ich hab noch nicht mal mitbekommen, dass es eine Bombe war. Ich hatte überhaupt keine Zeit, mir über irgendetwas klar zu werden." Rae wusste, dass sie Anthony erwähnen musste. Dass sie ihm begegnet war, war wesentlich mehr als eine Kleinigkeit. Aber bei diesen Gedanken ... kam es ihr vor, als machte Anthony sich wirklich Sorgen um sie. Als wenn er ... als wenn er sie beschützen und ihr irgendwie helfen wollte.

Hallo, hallo! Kleine Psychopatin! Erinnerst du dich an Dr. Warriner? Diese Gedanken in deinem Kopf stammen gar nicht von Anthony. Und die, die sich so nach Dad anfühlten, kamen nicht von Dad. Und der von wegen Rae unbedingt umbringen, kam auch nicht von jemand Fremdem. Wenn du das weiter glaubst, sind wir eine Stufe weiter auf der Verrücktheitsskala. Trotz-

dem. Es wurde immer schwieriger, diese Gedanken *nicht* für echt zu halten.

„Wie sieht es mit Leuten aus?", fragte Mr Rocha und richtete seine stumpfen braunen Augen eindringlich auf Rae. „Hielt sich jemand in der Nähe der Toiletten auf, als du hineingegangen bist?"

In der Toilette gab es noch mehr Nicht-meine-Gedanken, erinnerte sie sich. *Worum drehten sie sich nur?* Einer hatte mit Anthony zu tun. Etwas wie: *Sie werden denken, Anthony war es.* Hieß das etwa, dass Anthony verdächtigt wurde? Wenn das so war, dann durfte sie auf keinen Fall sagen ...

Was hast du gerade noch hinsichtlich dieser komischen Gedanken beschlossen?, fragte Rae sich. Du bist zu dem Schluss gekommen, dass es verrückt sei, anzunehmen, sie hätten irgendeine Bedeutung. Oder hast du es dir anders überlegt? Willst du mit Volldampf zurück in die Klapsmühle?

„Rachel, hast du Schwierigkeiten, dich zu konzentrieren?", fragte Mr Rocha. „Ich fürchte langsam, dass der Schlag auf deinen Kopf doch ernsthafter war ..."

„Ich habe gerade an meinen Vater gedacht", sagte Rae schnell. „Hat mal jemand auf dem Parkplatz nach ihm gesehen? Vielleicht ist er Kaffee trinken gegangen. Sonst bleibt er immer im Auto sitzen und liest, bis ich fertig bin."

„Schwester Sheila hält nach ihm Ausschau. Sie bringt ihn zu mir, sobald er auftaucht", antwortete Mr Rocha. „Also noch mal zurück zur Frage, wen du gesehen hast. War da jemand?"

Rae wechselte ihren Plastikbecher von einer Hand in die andere.

/ SIE IST NETT / SO BLASS / WAS KANN ICH SONST NOCH FÜR SIE TUN / HERAUSFINDEN, WER DAS WAR /

Verdammt, diese Gedanken fühlten sich wirklich an, als stammten sie von Anthony. Auch wenn sie ein bisschen schwächer wurden und ein bisschen verzerrter.

„Rachel, wenn du jemanden gesehen hast, dann musst du mir das sagen. Es geht hier um ein echtes Verbrechen", sagte Mr Rocha, und seine Stimme hatte einen ungeduldigen Unterton.

„Rae. Ich heiße Rae", antwortete sie scharf.

„Gut. Rae. Also, Rae, hast du in der Nähe der Toilette jemanden gesehen?", fragte Mr Rocha noch mal. „Ich bin sicher, dass die Polizei dir dieselbe Frage stellen wird. Trotzdem wäre es für mich sehr hilfreich, wenn ich schon jetzt eine Antwort darauf bekäme."

Die Sache würde sich nicht so einfach erledigen. Man würde sie immer wieder und wieder fragen, was passiert war. Sollte sie also jetzt lügen?

Rae stellte den Becher zurück auf den Schreibtisch. Sie konnte sich einfach nicht vorstellen, dass Anthony eine Bombe legte.

Vergleich mit der Wirklichkeit, dachte sie. *Der Typ geht ja nicht wegen nichts und wieder nichts dreimal die Woche zur Gruppentherapie. Du weißt überhaupt nicht, warum er hierher gekommen ist und was er getan hat oder auch nicht. Okay, er war irgendwie nett zu dir. Auf seine ziemlich eigenwillige Art. Aber du schuldest ihm nichts.*

Sie nahm den Becher wieder in die Hand ...

/ SIE IST NETT / SO BLASS / WAS KANN ICH SONST NOCH FÜR SIE TUN / HERAUSFINDEN, WER DAS WAR /

... und nahm einen Schluck, um Zeit zu schinden. „Ich versuche nachzudenken. Aber es ist alles ein bisschen durcheinander", sagte Rae. Sie wünschte, dass ihr diese verrückten Anthony-Gedanken nicht so ein warmes Gefühl im ganzen Körper bereiteten.

„Lass dir Zeit", sagte Mr Rocha, aber sie sah, dass die kleine Ader neben seinem Auge zu pochen begonnen hatte.

Rae schloss für einen Moment die Augen. *Du hast hier keine Chance*, dachte sie. Dann schlug sie die Augen wieder auf und sah Mr Rocha an. „Als ich in die Toilette gehen wollte, kam mir Anthony entgegen."

„Anthony Fascinelli? Aus der Mädchentoilette?", fragte Mr Rocha interessiert.

Rae nickte. Und ein Stachel aus Schmerz bohrte sich in ihren Kopf.

Anthonys Kopf drehte sich, sobald die Tür geöffnet wurde. Rae trat ein. Nicht mehr ganz so blass, wie er bemerkte. Vorher waren sogar ihre Lippen blutleer gewesen. Jetzt hatten sie wieder ihr normales Dunkelrosa, und auch auf den Wangen lag ein Hauch Farbe. Anthony fühlte, wie sich seine Nackenmuskeln ein wenig entspannten.

Dann merkte er, dass direkt hinter Rae Mr Rocha ging und dass sich seine kleinen Haselnussaugen auf ihn hefteten. Sofort versteiften sich Anthonys Nackenmuskeln wieder. Und die Schultermuskeln auch. Genauso wie die Muskeln auf der gesamten Länge seines Rückens. *Rae hat mich verraten,* dachte er bitter.

„Anthony Fascinelli, bitte komm mit mir mit", befahl Rocha und klang dabei unangenehm selbstzufrieden.

Anthony warf Rae einen Blick zu. Sie hatte noch nicht mal den Mut, ihm in die Augen zu sehen. *Ganz herzlichen Dank!,* dachte er, als er nach seinem Rucksack griff. Er konnte kaum glauben, dass er sich vor noch nicht mal einer Stunde mit diesem Mädchen noch richtig unterhalten hatte. Ihr von den bescheuerten Finken und allem erzählt hatte.

„Und zwar sofort", fügte Rocha hinzu.

Anthony erhob sich eilig und folgte ihm schweigend über den Flur, während sein Hirn wie ein Bus auf der Autobahn raste. *Was soll ich ihm nur sagen?,* überlegte er. *Mit dem überschwemmten Jungenklo werde ich nicht landen können. Ist viel zu leicht nachzuprüfen. Und die Wahrheit kann ich ihm nicht erzählen.*

Anthony konnte sich bestens vorstellen, wie er auf dem harten Stuhl Mr Rocha gegenübersaß und erklärte, was passiert war.

Wissen Sie, mein Dealer, oder besser: mein früherer Dealer, ist ein Idiot. Obwohl ich ihm erst gestern noch gesagt habe, dass ich kein Dope mehr bei ihm kaufen will, lässt er mich wissen, dass er mir einen Gefallen tun wollte und ein Päckchen für mich hinter die Kloschüssel der ersten Kabine in der Mädchentoilette geklebt hat. Habe ich nicht gesagt, dass er ein Idiot ist? Aber ich musste das Zeug trotzdem da wegholen, weil ich Angst hatte, dass er meinen Namen draufgeschrieben haben könnte oder so. Ich würde Ihnen das Päckchen ja zeigen, wissen Sie, damit Sie mir diese Geschichte auch glauben. Aber ich habe es in die Toilette gespült. Sie glauben mir doch, Mr Rocha, nicht wahr? Überall in Ihren Akten steht, dass Anthony Fascinelli ein absoluter Kiff-Kopf ist. Aber Sie werden mir doch glauben, dass ich mich geändert habe, oder?

Nein, das zieht mit Sicherheit nicht, dachte Anthony. Sie kamen zu Rochas Büro, und Rocha hielt ihm mit übertriebener Höflichkeit die Tür auf.

Anthony kannte den Ablauf. Er setzte sich auf den Holzstuhl, während Rocha seinen Schreibtisch umrundete und seinen Hintern auf den gepolsterten Stuhl dahinter fallen ließ.

„Rachel Voight hat mir gesagt, dass sie dich aus der Mädchentoilette hat kommen sehen. Kannst du mir vielleicht erklären, was du da gemacht hast?", fragte Rocha.

Die Frage traf Anthony nicht völlig unerwartet. Trotzdem machte sie ihn am ganzen Körper steif.

„Bei den Jungen war es total überfüllt, und ich musste so dringend", brachte Anthony hervor. „Ich hatte eine Riesenflasche Cola auf dem Weg hierher getrunken. Und bei den

Mädchen war niemand. Darum ..." Er zuckte die Schultern und kam sich wie der letzte Idiot vor.

Rocha machte sich eine Notiz auf dem gelben Block, der vor ihm lag. Anthony versuchte, nicht mit der Wimper zu zucken. Allzu schwierig würde die Geschichte mit der überfüllten Toilette auch nicht zu überprüfen sein, das wurde ihm klar. Rocha musste nur sämtliche Jungen im Institut fragen, ob sie alle zur gleichen Zeit pinkeln waren.

„Bestimmt hast du schon gehört, dass jemand eine Rohrbombe in die Mädchentoilette gelegt hat", fuhr Rocha fort. „Hast du irgendetwas Außergewöhnliches bemerkt, als du da drinnen warst?"

Anthony sah, wie Rochas Zunge zwischen seinen Zähnen und seiner Lippe hin und her glitt. Als wollte er einen Speiserest entfernen.

Anthony zwang sich, den Blick von Rochas ekelhafter Zahnpflege zu wenden und Augenkontakt zu suchen. Um aufrichtig auszusehen. „Es tut mir Leid. Ich habe nichts bemerkt. Ich wünschte, ich hätte. Ich würde Ihnen gern helfen, den Täter zu finden."

Halt's Maul! Halt doch einfach das Maul!, befahl Anthony sich selbst. Das war doch viel zu viel! Obwohl er denjenigen gern gefunden und ihn zu einer Portion Hackfleisch verarbeitet hätte. Nicht wegen Rae, der er ja nun wirklich nichts schuldete, sondern ganz allein seinetwegen.

„Hast du denn irgendjemanden gesehen?", fragte Rocha. Er ließ seine Zunge noch mal über seine Zähne gleiten. „Noch andere Jungen, die auf der Mädchentoilette waren, weil eure, wie du sagst, so voll war?"

„Nein", antwortete Anthony. Wahrscheinlich waren solche Ein-Wort-Antworten die sichersten.

„Dürfte ich mal einen Blick in deinen Rucksack werfen?", fragte Rocha. „Danach können wir uns gemeinsam auf die Suche nach dem Täter machen."

Sadistisches Arschloch, dachte Anthony. *Er ist sich ganz sicher, dass ich es war, und er kann der Versuchung nicht widerstehen, es voll auszukosten.* Anthony warf seinen Rucksack auf den Schreibtisch. „Bitteschön", sagte er. Er hielt seine Augen auf Rocha gerichtet, um seine Enttäuschung zu genießen, wenn er nichts fand.

Aber Rocha grinste, als er den Reißverschluss geöffnet hatte. „Eine Zange. Dübel. Papiertaschentücher. Klebstoff. Und Schwarzpulver", sagte er. „Alle Bestandteile für eine Rohrbombe."

Anthonys Körper gefror plötzlich. Als hätte er seit Tagen nur noch Eiswürfel gegessen. *Jemand hat mich ausgetrickst*, dachte er.

Rae drehte den blauen Becher zwischen ihren Fingern ...

/ SO BLASS / WAS KANN ICH SONST NOCH FÜR SIE TUN / HERAUSFINDEN, WER DAS WAR / SIE IST NETT /

... und versuchte sich auf das Mädchen mit der Igelfrisur zu konzentrieren, das über seine Gefühle sprach. Was für Gefühle das sein sollten, wusste Rae nicht genau. Immer wieder musste sie an Anthony denken. Und während sie den Becher um und um drehte ...

/ SO BLASS / WAS KANN ICH SONST NOCH FÜR SIE TUN / HERAUSFINDEN, WER DAS WAR / SIE IST NETT /

... und sich die Gedanken, die sie an Anthony erinnerten, laufend in ihrem Kopf wiederholten und immer verschwommener wurden, wünschte sie, dass sie ihren Mund gehalten hätte.

Aber wenn sie das getan hätte – wer weiß, was dann passiert wäre? Vielleicht hatte Anthony die Bombe ja tatsächlich gelegt. Vielleicht hatte er auch noch eine andere legen wollen. Sie stellte den Becher neben ihren Füßen ab. *Vielleicht, vielleicht, vielleicht*, dachte sie. Aber vielleicht war er auch nur zur falschen Zeit am falschen Ort gewesen. Oder vielleicht hatte jemand ihm eine Falle gestellt. Andererseits hatte sie ja keine Ahnung, ob die fremden Gedanken in ihrem Kopf überhaupt echt waren.

Die Tür des Gruppenraums wurde geöffnet, und Mr Rocha trat ein. *Oh Gott, hoffentlich will er nicht noch mal mit mir reden*, dachte Rae.

„Ich möchte euch nur mitteilen, dass wir schon wissen, wer diese Rohrbombe gelegt hat", verkündete Mr Rocha von der Tür aus. Er rückte seine Krawatte zurecht und sah widerlich selbstzufrieden aus. „Es tut mir Leid, sagen zu müssen, dass es Anthony Fascinelli war. Er wird nicht weiter Mitglied dieser Gruppe sein."

„Niemals!", platzte Jesse heraus. „So etwas hätte Anthony niemals getan!"

„Jesse, ich kann verstehen, dass es dir schwer fällt ...", begann Mrs Abramson.

Jesse sprang auf und machte einen Schritt auf Mr Rocha zu. „Was passiert jetzt mit ihm?"

Während sie auf die Antwort wartete, hatte Rae das Gefühl, dass ihr Herzschlag aussetzen würde.

„Die Polizei ist schon unterwegs, um ihn abzuholen", antwortete Mr Rocha. „Ich nehme an, dass er nach dem Verhör in einem Erziehungsheim untergebracht wird, bis es zur Verhandlung kommt."

„Mir ist schwindelig", sagte Rae auf einmal. Und es stimmte. In ihrem Kopf schien sich alles zu drehen. „Ich möchte mich hinlegen, bis mein Vater kommt."

„Natürlich", sagte Mrs Abramson. „Jesse, ich möchte dass du ..."

Den Rest hörte Rae nicht mehr, denn sie lief an Mr Rocha vorbei und den Flur entlang. Sie musste Anthony finden. Sie musste ihm sagen ... Dabei hatte sie keine Ahnung, was sie ihm sagen sollte. Einfach irgendwas.

Wahrscheinlich ist er in Rochas Büro, dachte sie, während sie zu rennen begann. Bei jedem Schritt schoss ihr der Schmerz durch den Hinterkopf. Aber sie verlangsamte ihr Tempo nicht. Sie hatte keine Zeit.

Als sie das Büro erreichte, griff sie nach der Klinke ...

/ wusste doch, dass Fascinelli kriminell ist /

... und drückte sie. Abgeschlossen. „Anthony, bist du da drin? Ich bin es, Rae", sagte sie mit unterdrückter Stimme.
Keine Antwort. Aber er musste da drin sein. Sie sah den Flur entlang, ob Rocha schon kam. Aber er kam nicht. Noch nicht.
„Anthony, ich ... ich habe ... ich hatte keine Ahnung, was sie mit dir machen würden", sagte Rae.
Keine Antwort. Aber sie konnte hören, dass jemand im Zimmer umherging.
„Könntest du bitte irgendetwas antworten? Bitte!", bat Rae.
Stille.
Rae wusste nicht, was sie sonst noch sagen sollte. Wahrscheinlich gab es nichts, was Anthony noch von ihr hören wollte. Im Moment. Oder überhaupt jemals.

KAPITEL SECHS

*E*ines Tages werde ich Rae Voight nur noch tot sehen wollen. Nein, das stimmt nicht. Ich will Rae Voight schon jetzt tot sehen. Aber heute war nicht der richtige Tag. Dieses Mädchen hat ... eine Gabe. Ich weiß es. Ich brauche nur Zeit, um herauszufinden, was es genau ist. Darum muss ich warten. Und beobachten. Ich muss sie anlächeln, als wäre da nicht das Böse, das sich in ihr entwickelt. Als wollte ich diese Hure nicht mit bloßen Händen fertig machen, wegen dem, was sie mir angetan hat. Sobald ich ihr Geheimnis herausgefunden habe, ist es Zeit, sie loszuwerden. Nicht nur aus Rache. Obwohl es ein herrliches Gefühl sein wird. Sondern weil man Rae nicht trauen kann. Wenn sie sich erst einmal daran gewöhnt hat, ihre Gabe zu nutzen, was immer das auch ist, stellt sie eine Gefahr für jeden dar, der mit ihr in Kontakt kommt. Und ich werde sie mit Freuden umbringen. Um sie davon abzuhalten, Unschuldigen etwas anzutun. Wie ihre Mutter es getan hat.

✸✸✸

Anthony klappte die Klobrille zurück, schnappte sich die Toilettenbürste und begann wie wild zu schrubben. Er war der Neue im Erziehungsheim, und das Frischfleisch bekam immer die miesesten Jobs.

Scheißjob, dachte er. *Wenn ich so ein bescheuerter Comedy Star wäre ...*

„Wehe, du lässt braune Streifen übrig, Fascinelli", rief ihm einer der Jungen von der Tür aus zu. „Wenn einer aus unserem Schlafsaal was vermasselt, bekommen wir heute Abend alle Fernsehverbot."

Anthony grunzte und schrubbte weiter. *Ich hätte besser erst den Boden geputzt*, dachte er. Was war nur los mit den Jungs? Sie waren doch keine fünf Jahre mehr alt. Mittlerweile müssten sie längst zielen können.

Er tauchte die Bürste ins Wasser und machte sich an eine besonders hartnäckige Stelle. Ihm war diese dämliche Show im Fernsehen eigentlich egal. Aber ihm war klar, dass die anderen ihn dafür büßen lassen würden, wenn er ihnen den Abend versaute. Seinen Kopf ins Klo stecken zum Beispiel. Was dazu führen würde, dass er ein paar Fausthiebe austeilte – und das wäre sicher nicht die beste Antwort.

„So sauber, dass man sich drin spiegeln kann", murmelte Anthony, als er die Schüssel betrachtete. Er klappte die Brille herunter, sprühte sie mit dem billigen Desinfektionsmittel ein, das in der Anstalt verwendet wurde, und begann das Zeug zu verreiben – richtig vorbildlich. „Eigentlich müsste das hier jemand ganz anderer tun. Und zwar Rae Voight", schimpfte er. „Wenn sie nicht wäre, mit ihrer dämlichen großen Klappe, dann wäre ich jetzt nicht hier."

Ein Bild ihrer dämlichen großen Klappe durchzuckte sein Gehirn. Eigentlich war ihr Mund eher hübsch als dämlich, und ... Anthony schüttelte den Kopf. Er hatte keine Lust auf mentale Pornografie mit Rae. Diese kleine Hexe!
Anthony klappte den Toilettendeckel zu und sprühte ihn ein, ebenso wie das Teil dahinter, an dem die Schrauben befestigt waren.
Aber es war doch bestimmt nicht Rae, die mich ausgetrickst hat, dachte Anthony. *Sie war es sicher nicht, die mir den Kram für die Rohrbombe in den Rucksack gepackt hat.* Was für einen Sinn hätte das gehabt? Aber trotzdem: Auch wenn sie es nicht war, die ihn ausgetrickst hatte – wenn sie nicht Rocha gegenüber getratscht hätte, wäre niemand auf die Idee gekommen, in seinen Rucksack zu sehen, und ...
„Anthony, du hast Besuch", rief eine Stimme. „Wenn du hier drinnen fertig bist, kannst du aufhören."
Anthony trat aus der Kabine und stand Bibel-Bob gegenüber, der ihn anlächelte. So nannten die Jungen den Aufseher ihres Schlafsaals: Bibel-Bob. Weil er ständig das *Buch der Bücher* zitierte. Aber wenigstens gehörte er nicht zu den Arschlöchern, die solche Jobs nur machten, weil sie gern Leute auf den Kieker nahmen oder sie in den Arsch traten.
„Du weißt doch schon, wo der Gemeinschaftsraum ist, nicht wahr?", fragte Bob.
„Klar." Anthony warf seine Putzsachen in die Ecke und begann sich die Hände zu waschen. „Wer ist es denn?"
„Deine Mutter", antwortete Bob.

Anthony trocknete sich die Hände an seiner Jeans ab. „Ist sie allein?"

„Ja. Du kannst übrigens so viel Besuch haben, wie du willst, solange du deine Pflichten erfüllst. Wenn es also noch andere Leute gibt, die du sehen willst ...", erklärte Bob.

„Will ich nicht", fiel Anthony ihm ins Wort. Er drückte sich an Bob vorbei aus der Toilette heraus, setzte das Lächeln eines Musterknaben auf und ging den Flur entlang. *Dann bleibt mir mein soundsovielter Stiefvater nämlich erspart,* dachte er. Tom war an sich nicht übel. Aber von Zeit zu Zeit spielte er sich Anthony gegenüber auf, als sei er sein richtiger Vater. Dabei lebte Tom erst seit etwa acht Monaten bei ihnen. Er kannte Anthony überhaupt nicht. Kein bisschen.

Als Anthony vor dem Gemeinschaftsraum stand, zögerte er. Dann atmete er tief ein und öffnete die Tür. Sein Blick fiel sofort auf seine Mutter. Und sie war auch ein echter Blickfang. Ihr Outfit passte eher zu einer Nutte als zu einer Mutter, weil sie ihren Körper für das Geld, das sie für ihn bezahlt hatte, auch zeigen musste – wie sie immer sagte. Anthony hätte wetten können, dass sie sämtlichen Jungs Stoff für mentale Pornografie bot. *Super, Ma. Vielen Dank!*

„Anthony, hier bin ich!", rief seine Mutter.

Ich gehe ja schon auf dich zu. Dann werde ich dich wahrscheinlich auch gesehen haben, dachte er. Auch das war ein Problem an seiner Mutter: Sie war laut. Beim nächsten Schritt stand sie auf und kam auf ihn zu, wobei sie seinen Namen kreischte. Dann umschlang sie ihn eng und fest, und der Geruch ihres schweren Parfüms erstickte ihn fast.

Anthony war klar, dass sämtliche anderen Jungen im Raum zuguckten, aber er ließ seine Mutter gewähren. Für einen sehr langen Moment schloss er die Augen und ertrug es – ertrug es, bis sie endlich wieder losließ.

„Ach, Liebling, was hast du dir bloß dabei gedacht?", fragte seine Mutter.

Sie geht davon aus, dass ich es war, dachte Anthony. Er öffnete seinen Mund, um zu protestieren, schloss ihn dann aber wieder. Er hatte keine Lust, diese kleine Unterhaltung hier mitten im Raum zu führen. Also stapfte er zu einem Tisch in der Ecke und setzte sich. Hier war man wenigstens einigermaßen für sich, auch wenn an den beiden Tischen in der Nähe noch andere Leute saßen.

Seine Mutter ließ sich Zeit, bis sie sich ihm gegenüber auf die Bank gesetzt hatte. „Was hast du dir bloß dabei gedacht?", wiederholte sie, und ihre Stimme war doppelt so laut wie die sämtlicher anderer Leute im Raum.

Anthony wusste, wie sinnlos es war, sie dazu bringen zu wollen, leiser zu sprechen. Wenn er etwas sagte, würden ihre nächsten paar Wörter vielleicht ein wenig leiser herauskommen, aber dann würde die Lautstärke automatisch wieder ansteigen. Als könnte sie einfach nicht anders.

„Ist dir eigentlich klar, dass sie mich bei der Arbeit angerufen haben? Ich musste meinem Chef sagen, dass ich früher

gehe", fuhr seine Mutter fort. „Weißt du, was das für ein Gefühl war?"
„Ich war es nicht", antwortete Anthony. „Und danke, dass du mich gleich danach gefragt hast."
„Anthony! Sie haben doch das Material in deinem Rucksack gefunden." Seiner Mutter stiegen Tränen in die Augen.
Ah ja. Wunderbar, dachte er. Seine Mutter weinte noch lauter als sie sprach. Noch ein paar Sekunden, dann bekämen alle Anwesenden eine Supershow geliefert.
„Man hat mich ausgetrickst", erklärte er.
„Sicher einer von diesen Typen, mit denen du immer unterwegs bist. Wenn du mit netten Jungen befreundet wärst, würden solche Dinge nicht passieren", antwortete seine Mutter. Die Tränen hingen schon an ihren Wimpern. „Ich habe immer versucht ... dir da herauszuhelfen, erinnerst du dich? Ich habe sogar ... Partys für dich organisiert. Und ... und ..."
Und aus, dachte Anthony, als seine Mutter in lautstarkes, glucksendes Schluchzen ausbrach. Vielleicht wäre es besser gewesen, wenn Tom sie begleitet hätte. Er hätte bestimmt dafür gesorgt, dass sie einigermaßen die Fassung behielt. Auch wenn Anthony selbst ihm völlig egal war.
Seine Mutter begann jetzt in ihrer Handtasche zu wühlen. Wahrscheinlich suchte sie nach Taschentüchern. Dabei weinte sie so laut, dass es im Raum widerhallte. Anthony heftete seinen Blick auf einen Riss im Linoleum. Er brachte es einfach nicht über sich, sie jetzt anzusehen.

Lass sie einfach, sagte er zu sich. Es hatte sowieso keinen Sinn, jetzt etwas sagen zu wollen. Wenn sie ihre Heulkrämpfe hatte, konnte man meinen, sie sei taub. Sie würde ihm nicht zuhören, bis sie ihre kleine Arie hinter sich hatte. „Ich weiß nicht, was ich noch machen soll. Sag du mir, was ich tun soll", sagte sie und schniefte und schluchzte. „Ich kann dir doch nicht den ganzen Tag hinterherlaufen, um aufzupassen, dass du nichts anstellst. Ich würde es sogar tun, wenn ich könnte. Aber ich muss arbeiten. Das weißt du doch."
Anthony hörte ein Kichern. Er umfasste mit beiden Händen die Kante der Bank. Sonst hätte er um sich schlagen müssen.
Ihr Weinen wurde etwas leiser, und sie beruhigte sich ein wenig.
„Du sollst überhaupt nichts tun", sagte Anthony. „Du tust alles, was in deiner Macht steht." Er hörte ein weiteres Kichern, ignorierte es aber. „Du brauchst dir keine Sorgen zu machen", fuhr er fort. „Bei meiner Verhandlung wird sich alles klären. Es wird alles wieder in Ordnung kommen." Schließlich gab es ja keine Beweise gegen ihn. Nur einen Rucksack mit Zeug zum Bombenbasteln und eine Augenzeugin, die gesehen hatte, wie er aus der Toilette kam.
„Aber wenn ...", begann seine Mutter.
Anthony durfte sie nicht von neuem loslegen lassen. Er lehnte sich über den Tisch und küsste sie auf die Wange. „Kein Aber", antwortete er. „Du solltest jetzt besser gehen.

Carl muss gleich wieder seine Antibiotika nehmen. Tom denkt bestimmt nicht dran."

Seine Mutter stand auf, strich sich das Haar glatt, nahm ihren Lippenstift und zog sich die Lippen nach. „Ich komme morgen wieder."

„Du musst dir nicht extra freinehmen", sagte Anthony. „Ich komm schon klar." Er sah, dass ihre Augen wieder feucht wurden. Schnell stand er auf, küsste sie noch einmal und verließ dann eilig den Raum. Augenblicke später hörte er hinter sich auf dem Flur Schritte.

„Fascinellis Ma ist ja ein heißer Feger", sagte eine Stimme. Anthony drehte sich nicht um.

„Kann man wohl sagen. Hast du ihre Titten gesehen? Die hat doch sicher DD-Cup", antwortete eine andere Stimme. „Ich hab schon 'ne Latte."

Anthony drehte sich nicht um. An seinem ersten Tag in diesem Laden hier einen Streit vom Zaun zu brechen wäre das Falscheste, was er tun konnte.

„Wie steht's denn mit dir, Anthony?", rief die erste Stimme wieder. „Als du deine Mammi geküsst hast, hat dich das nicht erregt?"

Wenn wir nicht hier drinnen wären, hättet ihr beide jetzt schon blutige Nasen, dachte Anthony. Aber sie waren nun mal hier drinnen. Und wer wusste schon, wie lange Anthony bleiben musste?

Warum hatte Rae ihn nicht einfach verdammt noch mal aus dem Spiel lassen können?

Rae ging langsam Richtung Cafeteria. Sie hatte keine Lust auf eine weitere Runde Wer-ist-am-widerlichsten-nett-zu-Rae? Im Grunde war es ja okay, wenn die Leute nett waren. Aber ihre Freunde waren sooo nett zu ihr, dass Rae sich vorkam wie nicht zurechnungsfähig. Oder wie ein Wohltätigkeitsprojekt. Dori Hernandez war am schlimmsten. Sie sah Rae immer mit ihren großen, mitleidigen Augen an – während sie praktisch auf Marcus' Schoß saß.

Rae öffnete die Doppeltür ...

/ *mir viel erzählt* / **mein fabelhafter Bruder würde niemals** / *ob Rae wieder durchdreht, wenn* /

... schwungvoll. *Haltung!*, ermahnte sie sich zum hunderttausendsten Mal. Sie ging zur Theke, nahm ein Tablett ...

/ **musste ja nicht so tun, als wäre ich** / *Eistee* /

... und griff nach einem Burrito, obwohl sie gar keinen Hunger hatte. *Du wirst es ganz aufessen*, befahl sie sich. Sie hatte am gestrigen Abend und auch heute Morgen nichts gegessen. Und sie hatte keine Lust, auch noch magersüchtig zu werden. Sie hatte schon genug Probleme. Also nahm sie einen Karton Milch, bezahlte, bekam Wechselgeld, und ein Stoß statischen Knisterns schoss ihr durch den Kopf. Irgendwo weit darunter schienen Wörter zu liegen, aber Rae konnte sie nicht ausmachen. Seitdem sie ins Krankenhaus gekommen war, hatte sie immer wieder kleine statische Stöße gehabt. Eine weitere Variante ihrer „Andersartigkeit".

Rae sah zu ihrem Stammtisch hinüber. Lea lachte über ir-

gendetwas, was Vince gerade gesagt hatte. *Wenn ich bei ihnen bin, hört sie auf zu lachen*, dachte Rae. *Dann wird sie wieder so superfürsorglich sein und sich darum kümmern, dass ich Servietten habe und genug zu essen und dass sich mir gegenüber auch alle nett benehmen. Was sie ohnehin tun. Jedenfalls solange ich dabei bin.*
Trotzdem durfte sie nicht aufgeben. Eines Tages mussten ihre Freunde sie doch wieder normal behandeln. Sie atmete tief ein, dann ging sie auf sie zu.
„Dann meint ihr also, dass es wirklich in Ordnung ist, wenn wir Rae nicht einladen?", hörte sie Jackie sagen, bevor sie den Tisch erreichte. Sie blieb stehen. Ihr Herz schlug wie wild gegen ihre Brust. Sie wozu nicht einladen?
Rae wandte sich um und stellte ihr Tablett auf einen leeren Tisch. Sie hielt den Atem an, während sie zuhörte.
„Es ist besser für sie", hörte sie Lea antworten, wobei ein Schuss schlechten Gewissens in ihrer Stimme mitschwang. „Ich glaube nicht, dass sie schon Lust auf eine Party hat."
„So etwas habe ich mir fast gedacht", sagte Jackie. „Also, Dori, dann können du und Marcus ..."
Rae warf den Milchkarton und das Burrito in ihren Rucksack, ließ die Nicht-ihre-Gedanken über sich hinwegbrausen, wandte sich um und rannte mit Höchstgeschwindigkeit zum Ausgang. Eigentlich war es verboten, Essen aus der Cafeteria mit hinauszunehmen. Aber scheiß drauf. Wenn sie mit ihren doppelzüngigen Freunden am Tisch sit-

zen müsste, bekäme sie keinen Bissen runter. Sie stürzte aus der Tür ...

/ *Carrie White* / **door – puerta** /

... und lief unter heftigem Blinzeln den Flur entlang. Wenn alle sie behandelten wie ein kleines Kind, das man mit dem Löffel füttern musste, war das eine Sache. Das hatte ihr zumindest das Gefühl gegeben, dass sie sich um sie kümmerten. Aber mitbekommen zu müssen, wie sie sich Ausreden einfallen ließen, um sie ausschließen zu können – das war zu viel.

Vielleicht sollte sie im Kunstraum essen oder überhaupt einfach dort bleiben und an ihrem Bild weitermalen. Rae blieb abrupt stehen. *Ja, ein bisschen an dem Bild malen, das könnte dir Appetit machen*, dachte sie.

Sie hatte wieder ein Bild begonnen, bei dem sie ihrer Hand freien Lauf ließ. Ein Riesenfehler! Sie ertappte sich dabei, wie sie ein Gesicht angefangen hatte, von dem ihr völlig klar war, dass es Anthony Fascinelli darstellen würde. Anthony Fascinelli, der sie ansah, als wünschte er ihren Tod.

Wenn sie gestern bloß nichts zu Mr Rocha gesagt hätte! Jetzt musste sie immer wieder an die Nicht-ihre-Gedanken denken, die sich nach Anthony angefühlt hatten. Die Gedanken, die sie davon zu überzeugen versuchten, dass er unschuldig war. *Aber ob er es ist oder nicht, jetzt kannst du die Sache sowieso nicht mehr ändern*, sagte sie sich.

Ein paar Mädchen aus ihrem Englischkurs begegneten ihr

und sahen sie komisch an. *Vielleicht liegt es daran, dass ich mitten auf dem Flur stehe und keine Ahnung habe, wohin ich gehen soll,* überlegte sie. Rae lief zum Treppenhaus. Dort konnte sie essen, ohne angegafft zu werden und ohne dass jemand nett zu ihr war. Oder besser gesagt: nicht nett. Nur geheuchelt nett.

Ganz schön erbärmlich, dachte sie, als sie die Tür öffnete.

/ ob sie hier sein wird? /

Sie nahm ein Heft aus ihrem Rucksack, ließ die Nicht-ihre-Gedanken über sich hinwegrollen und legte es auf eine Stufe, um sich daraufzusetzen. *Ich will doch nicht auch noch den ganzen Tag mit einem dreckigen Hintern herumlaufen,* dachte sie. *Die Leute gucken schon genug.* Noch bevor sie ihr Burrito hervorgezogen hatte, wurde hinter ihr die Tür geöffnet.

Oh, super! Wahrscheinlich ein Pärchen auf der Suche nach einem ungestörten Ort. *Bitte nicht Dori und Marcus!* Sie sah über ihre Schulter und erkannte Jeff Brunner.

„Hallo", sagte er und sah ein bisschen verlegen aus. „Ich habe dich hier hereingehen sehen und ..." Er sprach den Satz nicht zu Ende.

Rae hob eine Augenbraue. „Du hast mich ganz zufällig hier hereingehen sehen?"

„Ich war in der Cafeteria, um dich zu suchen", gab Jeff zu, wobei wieder einmal dieses unwiderstehliche Erröten über sein Gesicht flog. Rae war sich sicher, dass er es hasste, immer rot zu werden. „Ich habe gesehen, wie du hinausgelaufen bist", fuhr er fort. "Da bin ich dir eben gefolgt und habe zufällig gesehen, wie du hierher gegangen bist."

Ach, du liebe Zeit! Interessiert er sich etwa wirklich für mich? Rae musterte sein Gesicht, suchte nach einem Hinweis, dass er gerade seine gute Tat des Tages beging oder sich einen Spaß daraus machte, seine Zeit mit der ärmsten Socke der Schule zu verbringen. Aber sein Lächeln war so nett, einfach ganz normal und ein bisschen schüchtern. Und er hatte kein Problem damit, ihr in die Augen zu sehen; bis auf den kurzen Moment, als er – wie alle Jungen – einmal schnell ihren Körper taxierte.

Rae erlaubte sich ebenfalls eine kleine Körperkontrolle bei Jeff. Er war groß und schlank. Eher ein Schwimmertyp als ein Footballspieler. Nett.

"Und – äh – wie gefällt dir unsere Schule bis jetzt?", fragte Rae. Sie nahm ihr in Folie gepacktes Burrito aus dem Rucksack und wickelte es aus, wobei sie den undeutlichen Gedanken ignorierte.

"Von Tag zu Tag besser", antwortete er und sah ihr direkt ins Gesicht.

Rae lachte ihn an. Er wurde noch ein wenig röter, dann lachte er ebenfalls. "Erstaunlich, was?", fragte er.

"Ja, allerdings. Ziemlich erstaunlich", antwortete sie. Er flirtete mit ihr! Und sie flirtete tatsächlich zurück. War das nicht verrückt? Rae Voight hatte tatsächlich eine völlig normale Begegnung in ihrer Schule! Okay, sie fand im

Treppenhaus statt. Aber immerhin! Sie biss in ihr Burrito. Plötzlich hätte sie umkommen können vor Hunger. „Isst du nichts?"

„Essen? Ach, ja!", stotterte Jeff. Er setzte sich neben sie und zog ein Sandwich und eine Tüte Schweinekrusten aus seinem Rucksack. „Willst du welche?" Er hielt ihr die Schweinekrusten hin.

„Ich bin Vegetarierin", sagte Rae und rümpfte die Nase.

Jeff schleuderte die Schweinekrusten die Treppe hinab. „Ich auch. Solchen Kram finde ich ekelhaft."

Rae musste kichern. Wie lange war es her, dass sie zum letzten Mal gekichert hatte! Sie war überrascht, dass sie noch nicht vergessen hatte, wie es ging.

„Irgendein Idiot hat sie mir in den Rucksack gepackt", erklärte Jeff. „Oder glaubst du mir das etwa nicht?"

„Doch, natürlich glaube ich dir", antwortete Rae gespielt entrüstet.

Dabei fiel ihr Anthony wieder ein. Wer ihm wohl das Material für die Rohrbombe in den Rucksack gesteckt hatte? Nach der Gruppensitzung gestern hatten alle nur noch davon gesprochen. Sie schob den Gedanken beiseite. Endlich hatte sie einmal wieder die Gelegenheit, das Mädchen zu sein ... das sie früher war. Ein Mädchen, das wusste, wie man flirtete, und wusste, dass es den Jungen gefiel.

„Wirklich", beharrte Jeff. „So etwas könnte ich niemals essen!"

„Das möchte ich dir auch nicht raten", frotzelte Rae. „Ich

könnte niemals neben jemandem sitzen, dessen Atem nach Schweinekrusten riecht."

Jeff kam ein wenig näher – nur ein winziges Stück –, aber nah genug, dass Rae die Wärme seines Körpers spüren konnte. „Und was hältst du von Erdnussbutter?", fragte er und zeigte ihr sein Sandwich.

„Stehe ich total drauf", antwortete Rae.

Er wollte schon hineinbeißen. „Und Erdbeermarmelade?"

„Absolut spitze", sagte Rae. „Du hast meine Erlaubnis und mein Einverständnis, sie zu essen."

Jeff biss in sein Brot, dann hielt er das Sandwich an Raes Lippen. Und sie biss ebenfalls hinein.

Ich will den Rest meines Lebens hier verbringen, dachte sie. *Genau an dieser Stelle, und dieser Moment soll niemals enden. Mehr will ich nicht. Mir fehlt nichts weiter zum Glücklichsein, wenn ich mich nur ganz normal fühlen könnte. Ganz einfach völlig normal.*

KAPITEL  SIEBEN

Rae lief über den Rasen des Vorgartens. Sie hatte es eilig, nach Hause zu kommen. Vor ihr lagen zwei Stunden ganz für sich allein. Keine Schule. Keine Gruppe. Kein Vater. Und Gott sei Dank keine Haushälterin! Nach Raes Entlassung aus der Klinik hatte ihr Vater eigentlich eine Haushälterin gesucht, die bei ihnen wohnen sollte. Mit anderen Worten: eine Babysitterin. Aber Rae hatte ihn davon überzeugen können, dass man ihr die zwei oder drei Minuten, die sie am Tag ohne ihren Vater zu Hause verbrachte, durchaus zutrauen konnte. Außerdem gab es ja immer noch Alice Shaffer, die zweimal die Woche kam, putzte und Essen kochte, das sie dann einfror.

Sie zog ihren Schlüssel heraus ...

/ *LASS MICH NUR* /

... schloss die Tür auf und wollte den Türknopf drehen. Aber als sie ihn berührte, rang sie mit einem Mal nach Atem ...

/ **Rae, diese Hure** /

... und zog hastig ihre Finger weg. Der Gedanke war wie ein Schrei durch ihren Kopf gehallt, so hasserfüllt, dass er ihre Nerven erzittern ließ. Er hatte sich nicht so angefühlt, als stammte er von jemand Bekanntem, wie es bei einigen anderen Gedanken mittlerweile der Fall war. Aber das machte es fast noch schlimmer. Es kam ihr vor, als befinde sich in ihrem Kopf ein Fremder, der es auf sie abgesehen hatte.

Mach dir ein Milch-Bad und leg dich in die Badewanne, pack dir dein Plastikkissen unter den Kopf, und rühr dich nicht, bis deine Haut schrumpelig wird, versuchte Rae sich zu beruhigen. *Du kannst ja auch ein bisschen von Jeff träumen. Das wird Balsam für die Seele sein.* Sie zwang sich, die Tür zu öffnen …

/ **Rae, diese Hure** /

… einzutreten und die Tür wieder hinter sich zu schließen.

/ **wenn ich erwischt werde** /

Raes Herz machte einen Satz in ihrer Brust und begann dann doppelt so schnell zu schlagen. Dieser Gedanke war so voller Angst gewesen, dass es sie körperlich traf – obwohl sie ja wusste, dass dieser Gedanke nicht ihr eigener war. *Lass sie einfach durchlaufen,* redete sie sich zu. *Diese Gedanken sind Hirnschrott, nichts weiter. Nervig, aber das ist auch alles.*

Dieser Selbsttadel ließ ihr Herz aber trotzdem nicht langsamer schlagen. Sie ging in die Küche, um sich einen Kakao zu machen, den sie in der Badewanne trinken wollte. Heißes Wasser von außen und heißer Kakao von innen beruhigten sie immer vollkommen.

Warum ist das Licht im Flur an?, dachte sie. Ihr Vater hatte einen Tick, was Energieverschwendung betraf. Darum war Rae gewöhnt, alle Lichter auszumachen, wenn sie aus dem Haus ging. Und er selbst vergaß es auch nie. Sie ging hinüber und drückte den Schalter aus.

/ **wird Rae noch Leid tun** /

Gott, das fühlte sich genauso an wie die anderen Nicht-ihre-Gedanken, auf die sie gestoßen war. Wie die draußen am Türknopf. Ein Mensch, der sie hasste! Sie spürte es, trotz des statischen Knisterns. Aber wer konnte das bloß sein, der sie so hasste?

„Überhaupt niemand. Hirnschrott", flüsterte sie. „Sonst nichts."

Aber die kleinen Härchen auf ihren Armen standen zu Berge. Und die im Nacken ebenfalls. Rae sah sich um. Es war niemand da. Trotzdem fühlte sie sich nicht allein. Sie hätte schwören können, dass sich außer ihr noch jemand im Haus befand. Ein Schauder durchrieselte sie, und sie schlang ihre Arme um sich. Wärmer wurde ihr davon nicht.

Na gut, dann also kein Bad, dachte sie. *Bist sowieso nicht in Stimmung dafür. Ruf Yana an. Frag, ob sie kommen möchte. Sie weiß ja, dass du halb durchgeknallt bist. Sie wird es nicht komisch finden, wenn du zugibst, dass du Gesellschaft brauchst, weil du dich selbst verrückt gemacht hast.* Rae ging über den Flur zu ihrem Zimmer und öffnete die Tür.

/ **ihr eine Lehre sein** /

„Nein", flüsterte sie. „Das kann nicht ... warum?" Ihr Hirn

schien kaum noch zu arbeiten. Sie atmete tief ein und versuchte zu verstehen, was sie sah.

Ihre Bettdecke war zerfetzt. Die Baumwollfüllung lag in Flocken über den ganzen Boden verteilt herum. Ebenso wie die Glasscherben, die Rae als die Überreste ihrer Parfümflaschen identifizierte. Jeder Atemzug brannte in Raes Hals und Lungen, und sie hatte das Gefühl, nicht genug Sauerstoff zu bekommen. Nur eine Mischung aus Zitrus, Moschus und Blumen.

Was stehst du hier noch herum? Lauf!, befahl sie sich selbst. Aber sie musste einfach immer weiter gucken. Die Leinwand ihres aktuellen Bildes war aufgeschlitzt. Rufus, ihr allererstes Plüschtier, war fast in zwei Teile gerissen worden. Rae ging in die Hocke, nahm den kaputten Hasen …

/ ihr eine Lehre sein /

… und schloss ihn in die Arme. War das wirklich eine Halluzination? Drehte sie vielleicht weiter durch? Wenn sie jetzt Yana herüberriefe und Yana sagte, dass das Zimmer vollkommen in Ordnung war …? Rae drückte Rufus enger an sich.

/ ihr eine Lehre sein /

Sie ging zu ihrer Frisierkommode. Es knackte unter ihren Füßen. Sie beugte sich herab und sah in die Spiegelscherben, als wenn sie sich dadurch klar werden könnte, ob sie wie ihre Mutter wurde. Noch mehr wie ihre Mutter. Vollkommen und unheilbar wahnsinnig.

Ihre blauen Augen blickten verängstigt, aber nicht verrückt. *Als wenn eine Verrückte in der Lage wäre zu telefonieren*, dachte sie. Sie richtete sich wieder auf, dann erstarrte sie. Der Spiegel reflektierte Wörter. Wörter, die an der Wand hinter ihr geschrieben standen.

Rae drehte sich langsam herum und las die Botschaft, die man ihr hinterlassen hatte: *Halt deine große Klappe!* Sie ging darauf zu und fuhr mit den Fingern über die Schrift. Sie war noch feucht.

Dies war ein geeigneter Augenblick, um abzuhauen. Ein sehr geeigneter Augenblick. Sie machte einen Schritt Richtung Tür, dann erstarrte sie wieder. Sie hatte etwas gehört. Ein winziges Geräusch im Badezimmer.

Wer immer das hier angerichtet hatte – er befand sich noch im Haus.

Anthony heftete seinen Blick auf die Mattscheibe. Es interessierte ihn nicht, welcher Idiot dieser Soap mit welchem anderen Idioten geschlafen hatte. Er wollte nur seine Ruhe haben. Und die Klappe halten können. Und Fernsehen half ihm dabei.

„Habt ihr schon gehört, was sie mit McGlynn gemacht haben?", fragte einer der Jungen auf dem Sofa. Anthony wusste, dass der Typ nicht mit ihm sprach, darum sah er noch nicht mal zu ihm hin. Hier mischte man sich nicht einfach in ein Gespräch ein.

„Was denn?", fragte ein anderer.

„Er ist jetzt in Ashton", antwortete der erste Junge.

Anthony versuchte sich auf die Soap zu konzentrieren. Das Letzte, was er jetzt hören wollte, war irgendein Schwachsinn über Ashton. Wenn er bei der Verhandlung Pech hatte, kam er schnell genug in die Jugendstrafanstalt. Dann konnte er alles mit eigenen Augen sehen.

„Fascinelli, dein Kopf ist im Weg", sagte Paul, ein Junge aus Anthonys Schlafsaal. Anthony rückte ein wenig zur Seite und kreuzte seine Beine, um es sich auf dem dünnen Teppich, der auf dem Boden lag, wieder halbwegs bequem zu machen.

„Er ist immer noch im Weg", zischte Paul.

Anthony bewegte sich nicht. Paul hatte es nur auf ein kleines Machtspielchen abgesehen. Wenn Anthony jetzt noch mal rutschte, würde Paul nicht mehr aufhören und herauszufinden versuchen, wie viel Anthony sich gefallen ließ. Er hielt es für besser, sich gleich gegen Paul zu wehren, anstatt die Sache eskalieren zu lassen.

„Bist du taub?", fragte Paul. Er versetzte Anthony einen Tritt in den Rücken. Nicht allzu stark, aber stark genug.

Anthony warf einen Blick zu Bibel-Bob. Er befand sich in einem intensiven Gespräch mit einem jüngeren Typen. Anthony wandte sich wieder dem Fernsehen zu, dann fasste er Paul am Knöchel. Er zog einmal kräftig, und Paul flog aus seinem Sessel und landete mit dem Hintern auf dem Boden. „Kannst du jetzt besser sehen?"

Ein paar Jungen lachten. Anthony nicht. Es ging ihm nicht darum, Punkte zu sammeln. Er versuchte nur, das Ganze hier irgendwie zu überstehen, ohne auszuflippen. Und wenn er dazu den asozialen Rüpel geben musste, dann gab er ihn eben.

Die Spannung in seinem Körper lockerte sich ein wenig, als er merkte, dass Paul nicht daran lag, die Dinge voranzutreiben. Diesmal jedenfalls nicht.

„Wenn du das in Ashton versucht hättest, hättest du jetzt schon eine Rippe weniger", meinte einer der Jungen auf dem Sofa.

„Ich geh aber nicht nach Ashton", antwortete Anthony.

Und wenn doch, dann werde ich es nicht überleben, dachte er. *Ich geh kaputt, wenn ich da hinmuss.*

Wenn. Eben. Da war das große Wenn. Die Polizei würde die Dinge präsentieren, die in Anthonys Rucksack gefunden worden waren, und Rae würde aussagen, dass sie ihn in der Mädchentoilette gesehen hatte. Es gab kein Wenn mehr bei diesem Spiel. Er hatte verloren.

Sollte sie versuchen abzuhauen? Einfach wegrennen? Rae verlagerte ihr Gewicht von einem Fuß auf den anderen. Und wenn sie nicht schnell genug war? Wenn derjenige, der sich da im Bad versteckte, sie stellte? Vielleicht sollte sie sich lieber im Kleiderschrank verstecken. Und warten, bis er ging.

Sie zögerte. Keine der Alternativen kam ihr vernünftig vor. *Du musst etwas tun,* sagte sie sich. Dann hörte sie, wie die Badezimmertür geöffnet wurde. Wenn sie jetzt lief, würde er sie sehen. Wenn sie sich im Kleiderschrank versteckte, würde er sie hören.

Jetzt kamen Schritte über den Flur, auf ihr Zimmer zu. Eine Gestalt erschien im Türrahmen. Rae dachte nicht mehr nach. Sie stieß einen Schrei aus, halb ängstlich, halb wütend, und warf sich auf den Typen. Er stürzte krachend zu Boden und keuchte.

„Wer bist du?", fragte sie mit zitternder Stimme. Dann merkte sie, dass der Typ ein Stück kleiner war, als sie im ersten Moment gedacht hatte. Er hatte etwa ihre Größe. Rae drehte ihn grob auf den Rücken. Sie erkannte sein Gesicht auf Anhieb. Und im nächsten Moment fiel ihr auch sein Name ein. „Jesse!", rief sie. „Jesse Beven, aus der Therapie-Gruppe! Hast du das hier etwa angerichtet? Warum hast du das gemacht?"

Jesse wollte sich aufrichten, aber Rae hielt ihn zu Boden gedrückt. Sein Gesicht war so weiß, dass sie jede einzelne Sommersprosse erkennen konnte. *Er hat genauso viel Angst, wie ich vorhin hatte*, dachte sie. „Los!", bellte sie ihn an. „Antworte!"

„Dir muss ich überhaupt nichts sagen." Er warf seinen Körper nach links und konnte sich aufrappeln, bevor Rae ihn wieder packen konnte. Dann rannte er los, den Flur entlang.

„Hey, du Schlauberger, ich weiß, wie du heißt", rief Rae ihm nach, während sie sich wieder aufrappelte. Er blieb stehen. „Mrs Abramson kennt deine Adresse und deine Tele-

fonnummer", fuhr sie fort. „Wenn du nach Hause kommst, wird die Polizei schon auf dich warten."
Jesse fuhr herum. „Von mir aus! Dann komme ich eben ins Erziehungsheim. Zu Anthony. Ich kann's kaum erwarten."
„Darum ging es also bei deinem kleinen Gemälde auf der Wand in meinem Zimmer. Um Anthony", sagte Rae. Sie ließ Rufus auf den Boden fallen.
„Allerdings", meinte Jesse. Er reckte das Kinn vor und strich sich das rote Haar aus dem Gesicht.
Gott, er war noch ein Kind! Kaum dreizehn Jahre alt.
„Pass auf! Mein Vater kommt bald zurück. Du räumst jetzt mein Zimmer auf, dann kann ich vielleicht vergessen, dass das hier jemals passiert ist", sagte Rae. „Was du kaputt gemacht hast, kannst du in Raten bei mir abstottern. Jede Woche einen kleinen Betrag", fügte sie hinzu.
Jesse sah sie einen Moment lang an. Dann kam er auf sie zu, hob Rufus vom Boden auf und gab ihn ihr. Wortlos drückte er sich an ihr vorbei in ihr Zimmer. Rae folgte ihm. Sie setzte Rufus auf ihr Bett, fassungslos über das Ausmaß des Schadens, den Jesse angerichtet hatte. „Ich hole ein paar Mülltüten", sagte sie und ging, ohne die Antwort abzuwarten, in die Küche.
Sie drehte den polierten Türknauf der kleinen Kammer, einem Abstellraum, den sie und ihr Vater kaum betraten, weil sie zum Putzen meistens nur Wasser und Papiertücher brauchten, zog eine Packung extra großer Mülltüten hervor ...

/ *muss Kerzen kaufen* /

... und lief dann zurück in ihr Zimmer. Sie wollte Jesse nicht zu lange allein lassen, für den Fall, dass er wieder auf den Gedanken kam herumzuwüten. Darauf konnte sie verzichten.

„Hier." Sie gab Jesse, der auf dem Boden hockte und Teile der Deckenfüllung zusammensuchte, die Packung mit den Müllsäcken.

Er gab ein Grunzen von sich, das sie als Dankeschön verstand.

Vielleicht sollte ich auch mit anpacken, dachte sie. Sie schnappte sich Terpentin und einige Lappen aus einer Kiste in ihrem Schrank, ließ die Nicht-ihre-Gedanken – obwohl sie diesmal zu der Sorte gehörten, die sich mehr nach ihr anfühlten – durch ihren Kopf brummen und machte sich dann daran, die Farbe von der Wand zu entfernen. Ihr Vater würde ausflippen, wenn er das hier sah. Die Haushälterin würde er vergessen. Vielleicht engagierte er lieber eine bewaffnete Schutztruppe ...

Sie arbeiteten schweigend und ohne einander anzusehen.

„Kann ich mal ein Fenster aufmachen?", fragte Jesse schließlich.

„Ja. Es stinkt ganz schön", antwortete Rae. „Und à propos: Für die Parfüms kannst du schon mal anfangen ein paar größere Scheine beiseite zu legen."

„Mach ich. Es war blöd von mir. Aber du ... du kennst Anthony eben nicht", platzte Jesse heraus. „Ich schon. Er hätte diese Rohrbombe niemals gelegt. Ganz bestimmt nicht."

Er sagte das, was Rae dachte. Oder vielmehr hoffte. *Sind wir vielleicht beide Traumtänzer?*, überlegte sie. Sie sah Jesse an. „Wie lange kennst du Anthony schon?"

„Seit ein paar Jahren", antwortete Jesse. „Und ich bin sicher, dass er niemals eine Rohrbombe legen könnte. Wenn einer Anthony anmacht, dann fängt er an, um sich zu schlagen. Er wartet nicht ab und plant, wie man es tun muss, wenn man eine Bombe legen will."

„Soll das heißen, er ist zwar gewalttätig, aber viel zu temperamentvoll, um in Seelenruhe Bomben zu legen?", fragte Rae sarkastisch, obwohl ein Teil von ihr – ein großer Teil sogar – gern glauben wollte, dass Anthony unschuldig war. Sie wollte ihm nur nicht einfach nachgeben.

„Vergiss es", murmelte Jesse. „Du willst es ja doch nicht hören." Er knotete sorgfältig einen Müllsack zu.

Rae durchquerte den Raum und setzte sich neben ihn. Sie öffnete einen neuen Müllsack und begann die Scherben ihrer Parfümflaschen aufzusammeln, wobei ständig Gedankenfragmente durch ihren Kopf schwirrten. „Ich will es hören", sagte sie schließlich. „Ich will mich nur nicht auf den Arm nehmen lassen."

„Ich nehme dich nicht auf den Arm", sagte Jesse und sammelte ebenfalls Scherben ein. „Anthony fängt an zu prügeln, wenn man ihn anmacht." Er warf die Scherben in den Sack. „Wie damals, als der Typ vom *7-Eleven* mich geschubst hat. Anthony hat ihm das Nasenbein gebrochen. Voll die Blutfontäne."

Jesse klang ein bisschen zu beeindruckt. Rae schüttelte den Kopf.

„Er hat mich verteidigt, ohne irgendwas zu fragen. Das macht er für dich, wenn du ihn kennst. Du solltest mal sehen, was er alles für seine kleinen Geschwister tut. Einmal hat er sogar ein *Backstreet Boys*-T-Shirt angezogen, damit seine kleine Schwester nicht traurig ist."

Darum also hatte er das dämliche Teil getragen! Rae hob noch eine Scherbe auf, und ein kleiner Splitter bohrte sich in ihren Finger. Vorsichtig begann sie ihn mit dem Fingernagel wieder herauszudrücken, während sie versuchte, bei der Vorstellung, wie nett Anthony zu seinen kleinen Geschwistern war, nicht sentimental zu werden.

„Aber wenn Anthony es nicht war, wer war es dann?", fragte Rae, zog den Splitter heraus und saugte ein wenig an dem Schnitt, der kaum blutete. Sie war neugierig, ob Jesse einen Verdacht hatte. Gern hätte sie ein paar genauere Informationen gehabt als nur ihre Gedanken und Gefühle, denen zu trauen sie ja – im wahrsten Sinn des Wortes – verrückt sein musste.

Jesse zuckte die Schultern. „Ich weiß nur, dass es nicht Anthony war", antwortete er im Brustton der Überzeugung.

„Das Material dafür hatte er aber im Rucksack", erinnerte ihn Rae.

„Dann hat ihn jemand ausgetrickst", gab Jesse zurück.

Ich werde herausfinden, wer das war. Ihr fiel wieder ein, wie gut sie sich gefühlt hatte, als sie den blauen Becher in der Hand gehalten und zum ersten Mal diesen Gedanken gespürt hatte. Diesen Gedanken, der sich nach Anthony anfühlte. Ihr war innerlich ganz warm geworden. Tatsächlich. Als wachte jemand über sie. Und nach dem, was Jesse sagte, war Anthony ein Typ, der solche Sachen tat: über andere wachen.

Du kannst jetzt doch nicht anfangen, deinen wild gewordenen Gedanken zu trauen, ermahnte sie sich selbst. Aber sie war sich fast sicher, dass Jesse die Wahrheit sagte. Und ihre eigenen Instinkte – oder wie immer man das auch nennen wollte – stimmten ihm ebenfalls zu.

„Vielleicht hast du ja Recht", sagte sie vorsichtig.

„Wie bitte?", rief Jesse aus.

„Ich sagte, vielleicht hast du ja Recht mit dem, was du über Anthony sagst", erklärte Rae. „Aber jetzt räum weiter auf."

KAPITEL ACHT

„Rae! Hallo, hier!", rief Yana. Rae lächelte, als sie Yana sah, die sich gegen ihren sonnengelben VW Käfer auf dem Schulparkplatz lehnte.

„Schöne Hose", sagte Rae, als sie zu ihr kam.

„Nur die Hose? Gefällt dir mein Shirt etwa nicht?", entgegnete Yana. Sie zog den Ausschnitt ihres türkisen Bowling-Shirts zurecht. Rae registrierte, dass der Name „Betty" auf die Tasche gestickt war.

„Doch, schon. Aber eine Python-Hose, Stiefel mit hohen Absätzen und ein Bowling-Shirt." Rae schüttelte den Kopf. „Das passt doch alles gar nicht zusammen."

„So bin ich nun mal. Voller Überraschungen", antwortete Yana. „Und die Hose ist natürlich aus Stoff, nebenbei. Für mich muss keine echte Schlange sterben, nur damit ich als Supermodel herumlaufen kann." Sie öffnete die Autotür und schob sich hinter das Lenkrad. Rae setzte sich auf den Beifahrersitz, wobei sich das übliche Gedankenchaos in ihrem Hirn abspielte.

„Vielen Dank übrigens, dass du mich abholst", sagte Rae. „Ich hätte ja auch mit dem Bus fahren können, aber ..."

„Sei bloß still", fiel Yana ihr ins Wort. „Wir sind schließlich Freundinnen, nicht wahr?"
Rae fühlte, wie ihr Grinsen so breit wurde, dass es lächerlich aussehen musste. Die Selbstverständlichkeit, mit der Yana das Wort „Freundinnen" aussprach – davon wurde ihr innerlich so wohlig warm. Was kitschig war, aber einfach stimmte.
Raes Handy klingelte. Sie holte es aus der Tasche und meldete sich, wobei sie versuchte, sich von den Nicht-ihre-Gedanken, die ihr durch den Kopf schossen, nicht ablenken zu lassen.
„Hallo, Rae. Hier ist Mrs Abramson. Dein Vater hat mir deine Nummer gegeben. Ich hoffe, du bist damit einverstanden", sagte sie.
„Ja. Natürlich", antwortete Rae, obwohl sie sich gleich darüber ärgerte. Wie sollte sie sich normal fühlen, wenn ihre Gruppentherapeutin sie immer und überall anrufen konnte?
„Ich wollte dir nur sagen, dass wir dich heute Nachmittag in der Gruppe vermissen werden", fuhr Mrs Abramson fort.
„Oh, danke", sagte Rae, fügte allerdings nicht hinzu, dass sie weder Mrs Abramson noch sonst jemanden vermissen würde. Nicht mit den anderen Psychos herumsitzen und Gefühle äußern zu müssen war der Vorteil daran, dass sie zur Polizeiwache musste, um eine Aussage zu machen. Außerdem konnte sie so ein bisschen Zeit mit Yana verbringen.

„Es ist sicher unangenehm für dich, mit der Polizei reden zu müssen. Aber du musst ja nur zu Protokoll geben, was du gesehen hast", sagte Mrs Abramson. Sie klang besorgt. „Und wenn du darüber reden willst, kannst du mich nachher anrufen."

„Okay. Alles klar. Ich muss jetzt Schluss machen. Aber trotzdem danke." Rae schaltete ab, ohne darauf zu warten, dass Mrs Abramson Auf Wiedersehen sagte, und steckte das Handy zurück in ihre Tasche.

„Schönes Handy", meinte Yana.

„Schönes Kontrollmittel", erwiderte Rae. „Ein Geschenk von meinem Vater. Er denkt wahrscheinlich, dass ich nicht so schnell wieder psycho werde, wenn er mich permanent kontakten kann."

Yana warf Rae einen wütenden Blick zu. Ihre grünen Augen verengten sich zu schmalen Schlitzen, als sie an einer roten Ampel anhielt. „Pass auf, das ist mein Angebot: Beim nächsten Mal, wenn du dich selbst als psycho oder durchgeknallt bezeichnest, knalle ich dir eine. Und das meine ich ernst", erklärte sie warnend.

„Aber wenn ich zum Beispiel nur sage ..." Rae beugte sich zu Yana hinüber und senkte ihre Stimme zu einem Flüstern herab, „... dass ich nicht mehr die Alte bin?" Sie nahm ihre normale Lautstärke wieder auf. „Das habe ich nämlich jemanden über mich sagen hören, als ich heute auf der Toilette war. Macht sich eigentlich überhaupt niemand mehr die Mühe, unter die Kabinentüren zu gucken?"

„Wer solche Sachen sagt, hat einfach nichts Besseres zu tun", antwortete Yana. „Sonst würde er nicht auf dem Klo rumhängen und über andere tratschen." Sie sah zum Fahrer des neben ihnen stehenden Autos hinüber und ließ ihren Motor aufheulen. Der Typ am Steuer grinste.
„Yana! Der ist doch mindestens dreißig", protestierte Rae.
„Sieht trotzdem verdammt gut aus", antwortete Yana, als die Ampel auf Grün umsprang und sie die Kreuzung überquerten. „Wie sieht's denn bei dir in Sachen Typen so aus?"
Ich bin wirklich froh, dass Yana sich bereit erklärt hat, mich zu fahren, dachte Rae. Wenn sie den Bus genommen hätte, hätte sie die ganze Zeit an Anthony denken müssen. Eigentlich tat sie es auch jetzt, mit einer ihrer tieferen Hirnschichten. Aber wenigstens ein Teil ihrer Aufmerksamkeit richtete sich auf das Gespräch mit Yana. Ihrer Freundin. Rae konnte nicht verhindern, dass wieder dieses blöde Lächeln auf ihrem Gesicht erschien.
„Deinem Gesichtsausdruck nach zu urteilen, geht es dir in Sachen Typen ganz gut", stichelte Yana.
„Aber klar doch. Abgesehen von der Kleinigkeit, dass mein früherer Freund mich sitzen gelassen hat. Wobei er sich gar nicht die Mühe gemacht hat, mich davon in Kenntnis zu setzen. Er ist einfach am ersten Schultag mit dieser Dori Hernandez aufgetreten, die wie eine Klette an ihm hängt", antwortete Rae, und ihre Worte klangen bitter. Kein Wunder!
„Autsch", sagte Yana und zog eine Grimasse.

„Allerdings. Aber ich habe einen anderen Typen kennen gelernt. Jeff", fügte Rae schnell hinzu, weil sie nicht als armes Mauerblümchen dastehen wollte. „Wir sind uns bisher nur ein paar Mal begegnet. Beim Essen. Aber ..."

„Aber du liiiebst ihn", sagte Yana. Sie bog so rasant nach rechts ab, dass Rae der Gurt in die Seite schnitt.

„Er hat ein paar Vorzüge", gab Rae zu. „Einer der größten ist, dass er neu an der Schule ist. Selbst wenn er also gehört hat, dass ich letztes Jahr ausgerastet bin – er war wenigstens nicht dabei, als ich durchgekn..."

Yana hob mahnend die Hand. „Ich warne dich!"

„Jedenfalls benimmt er sich mir gegenüber nicht so komisch", fügte Rae hinzu und umging damit die Ohrfeige.

„Dann beschreib ihn doch mal", meinte Yana.

„Äh, na gut. Groß. Hellbraune Haare. Und hübsche Hände", begann Rae.

„Langweilig. Wie sieht es mit seinem Hintern aus?"

„Auch ganz hübsch", antwortete Rae. *Solche Unterhaltungen habe ich letztes Jahr noch mit Lea geführt*, merkte Rae.

„Wir sind gleich da. Hast du Angst? Wegen des Gesprächs mit den Bullen?", fragte Yana. „Es wird schon nicht so schlimm werden. Du sagst, was passiert ist. Sie schreiben es auf. Badda-ding, Badda-dong, und dann ist es vorbei."

„Nur für Anthony nicht", meinte Rae.

„Das ist ja nicht dein Problem", antwortete Yana.

Kann schon sein. Aber wenn ich meinen Mund gehalten hätte,

liefe Anthony jetzt quietschvergnügt draußen herum, dachte Rae. *Darum ist es irgendwie doch mein Problem.*
Yana fuhr den Käfer auf den Parkplatz der Polizeiwache und stellte ihn in eine Lücke direkt vor dem Gebäude.
„Und überhaupt", fuhr sie fort. „Was du zu sagen hast, wird ohnehin kein so großes Gewicht haben. Sie haben doch das ganze Zeug für eine Bombe in seinem Rucksack gefunden, oder?"
„Stimmt", antwortete Rae. „Stimmt", wiederholte sie.
Aber hierbei handelte es sich nur um Indizien. Bewiesen war damit überhaupt nichts. Und sie machten den Verdacht, der sich gegen Anthony richtete, auch nicht realer. Real war hingegen Jesses Überzeugung, dass Anthony zu einem so brutalen Vergehen, wie eine Bombe zu legen, überhaupt nicht in der Lage war. Und real war ebenfalls Raes eigene Überzeugung – die auf so gut wie gar nichts basierte –, dass Anthony unschuldig war.
„Ich warte, bis du fertig bist", sagte Yana. „Und danach gehen wir Eis essen."
Rae nickte. „Noch mal vielen Dank, Ya..."
„Habe ich dir nicht gesagt, dass ich nichts davon hören will?", fiel Yana ihr ins Wort. Sie stupste Rae an die Schulter.
„Okay, ich geh ja schon. Bis gleich. Jedenfalls hoffe ich, dass es nicht so lange dauert." Rae stieg aus dem Wagen und warf die Tür hinter sich zu.
/ braucht mehr Selbstvertrauen /

Dann lief sie zu der gläsernen Eingangstür, öffnete sie ...
/ *warum hat er* / **schon wieder hier** / *völlig umsonst* /
... und ging auf den Polizisten am Empfangstresen zu. „Ich bin Rae Voight. Ich habe einen Termin mit Kommissar Sullivan."
Der Polizist nickte und strich eine seiner schütteren Haarsträhnen zurecht. Er nahm das Telefon und drückte einige Tasten. „Dieses junge Mädchen ist hier", sagte er.
Nett, dass Sie sich meinen Namen gemerkt haben, dachte Rae.
„Sie kommt gleich herunter", wandte er sich wieder an Rae. „Du kannst dich da drüben hinsetzen." Der Polizist deutete mit dem Kopf auf eine lange Holzbank an der Wand hinter Rae. Sie ging brav hinüber und setzte sich. Ihr Magen begann sich schon jetzt zu einer Brezel zusammenzuknoten, dabei hatte sie die Kommissarin noch gar nicht gesehen.
Rae holte ihre Bürste aus ihrer Tasche ...
/ *MAL WIEDER SCHNEIDEN LASSEN* / **Anthony würde niemals** /
... und begann sich die Haare zu bürsten. Sie bekam immer mehr Übung darin, den Beiklang der Nicht-ihre-Gedanken zu erkennen. Erstaunlicherweise kam ihr der erste Nicht-ihr-Gedanke wie ihr eigener vor. Na ja, vielleicht nicht ganz. Vielmehr als wäre er zwar ein Gedanke von ihr, aber nicht aus der Gegenwart. Was immer das bedeuten mochte.
Und der andere hatte sie an Jesse erinnert. Diese Mischung aus Zorn und Angst und Frustration hatte sich irgendwie

genau nach ihm angefühlt. Der Junge wurde verrückt bei der Vorstellung, dass Anthony vielleicht eingesperrt werden könnte. Als sie sich beim Aufräumen mit Jesse unterhalten hatte, hatte Rae den Eindruck bekommen, dass Anthony für Jesse eine Art großer Bruder darstellte. Und sie hatte auch den Eindruck gewonnen, dass es genau das war, was Jesse fehlte.

Wie soll ich Jesse bei der Gruppentherapie jemals wieder in die Augen sehen können, wenn ich jetzt dazu beitrage, Anthony einzubuchten?, dachte Rae. Bevor sie sich diese Frage beantworten konnte, kam eine Frau um die vierzig auf sie zu. Sie sah wesentlich attraktiver aus, als Rae erwartet hatte, mit einem aschblonden Bob-Schnitt und perfekt lackierten Fingernägeln. „Rae? Ich bin Laura Sullivan", sagte sie und schüttelte Raes Hand kurz und kräftig. „Komm doch bitte mit."

Kommissar Sullivan führte Rae an einer ungeheuren Anzahl von Schreibtischen vorbei in ein trostloses Büro. Offenbar hatte sie versucht, es ein wenig hübscher zu machen, mit ein paar Topfpflanzen und einem Picasso-Plakat an der Wand – einer Frau, die in einen Spiegel sah. *Ziemlich mutige Wahl*, dachte Rae. Bei den vielen Männern, die hier arbeiten. Aber sämtliche Bemühungen von Mrs Sullivan konnten den hässlichen Metallschreibtisch, die Klappstühle, den fleckigen Teppich und als Wandfarbe das schrecklichste Grün, das Rae jemals gesehen hatte, wettmachen.

„Wir machen es ganz kurz", sagte Mrs Sullivan. „Sicher gibt es Dinge, die du lieber tust."

„So ungefähr alles", gab Rae zu. Sie saß auf dem Stuhl, der am wenigsten danach aussah, als würde er gleich zusammenbrechen.

„Erzähl mir einfach, was du gesehen hast." Mrs Sullivan legte ihre Hände auf die Tastatur ihres Computers.

Das sagt sich leicht, dachte Rae. Wenn sie erzählen würde, was sie gesehen hatte, würde sie Anthonys Leben ruinieren.

Mrs Sullivan klopfte ungeduldig mit den Fingern auf die Buchstaben der Tastatur.

Rae verstand den Hinweis. „Gut. Also. Ich bin kurz auf die Damentoilette gegangen und wollte mein Make-up überprüfen", begann sie. „Ich bin zum Spiegel gegangen. Und dann lag ich plötzlich auf dem Boden. Ich wusste nicht, dass eine Bombe losgegangen war. Bis die anderen es mir sagten."

Ich muss mir etwas einfallen lassen, dachte sie. *Irgendetwas, um das hier abzubrechen. Bloß was?*

„Ich habe mir den Kopf gestoßen", fügte Rae schnell hinzu. „Deshalb ist alles ein bisschen durcheinander."

Genau! Das wird dich – und Anthony – aus dem ganzen Schlamassel herausholen, sagte sich Rae. *Du hast dir den Kopf gestoßen. Du weißt nicht mehr genau, was passiert ist. Yeah!*

„Kann ich mir vorstellen", sagte Kommissarin Sullivan, während sie tippte. „Und was kam dann?"

Rae strich sich die Haare aus dem Gesicht. „Dann ... dann war mir ziemlich schwindelig. Mit Sternchen vor den Augen und so." Mrs Sullivan nickte. „Ich habe mich am Waschbecken festgehalten und ..."
Rae wurde plötzlich klar, was geschehen würde, wenn sie ausplauderte, was wirklich als Nächstes passiert war.
Und dann hatte ich einen dieser Nicht-meine-Gedanken. Einer, aus dem hervorging, dass Anthony ausgetrickst worden ist. Ach ja, und dann hieß es in einem noch – wenigstens glaube ich das –, dass ich umgebracht werden sollte. Das ist doch ein wichtiger Hinweis, nicht wahr? Das bringt Sie bestimmt dazu, mich nicht weiter nach Anthony auszuquetschen. Wissen Sie, der richtige Bombenleger ist nämlich jemand, der mich tot sehen möchte. Ach ja, vielleicht sollte ich Ihnen noch sagen, dass ich erst neulich aus einer psychiatrischen Anstalt entlassen worden bin. Das hat mit diesen Gedanken aber überhaupt nichts zu tun. Die waren ganz echt. Darum weiß ich auch, dass Anthony unschuldig ist. Als ich den blauen Becher berührt habe, habe ich nämlich gemerkt, dass er sich echte Sorgen um mich machte, dass er Angst hatte. Das beweist doch, dass er ein fürsorglicher Mensch ist. Und ein fürsorglicher Mensch würde niemals eine Rohrbombe legen. Sie können also gleich im Erziehungsheim anrufen und Bescheid geben, dass alles nur ein Versehen war.

„Du hast dich hochgezogen, und dann?", half Mrs Sullivan weiter.

„Irgendwie geht alles durcheinander", murmelte Rae. „Ich

weiß nur noch, dass mich jemand zur Schulschwester gebracht hat."

„Noch mal zurück zu dem Moment, als du die Toilette betreten hast", sagte Mrs Sullivan. „Ist dir irgendetwas Ungewöhnliches aufgefallen? Hast du irgendjemand gesehen?"

Das wissen Sie doch, dachte Rae. *Sie haben doch schon alles von Rocha gehört.* „Wie schon gesagt, es geht alles durcheinander", antwortete Rae. Sie rutschte auf ihrem Stuhl hin und her, fand aber keine bequeme Position.

„Geht es denn vor der Explosion auch schon durcheinander?", fragte Mrs Sullivan.

Oh, Gott, was bin ich für ein Idiot! Meine ganze tolle Story von wegen „alles durcheinander" ist ja vollkommen sinnlos! Weil ich Anthony in der Toilette gesehen habe, bevor die Bombe hochgegangen ist. Was natürlich zu einem Zeitpunkt war, bevor ich mir den Kopf gestoßen habe.

„Es ist ganz komisch", antwortete Rae langsam und hoffte, dass ihr etwas einfiele. „Wenn ich daran denke, wie ich an diesem Tag zum Oakvale-Institut gefahren bin – das ist alles irgendwie verschwommen. Ich habe mir den Kopf ja auch ziemlich schlimm gestoßen. Ich habe am Hinterkopf geblutet, und überhaupt ..." *Und überhaupt fällt mir einfach nichts ein,* dachte sie.

Mrs Sullivan sah von ihrem Computerbildschirm zu Rae und studierte ihr Gesicht. Rae kam sich vor, als stünden auf ihrer Stirn mit Lippenstift die Worte *dicke, dumme Lügnerin* geschrieben.

„Erinnerst du dich daran, dass du Mr Rocha erzählt hast, was passiert ist?", fragte Mrs Sullivan.

„Halbwegs", gab Rae zu.

„Du hast ihm gesagt, dass jemand in der Toilette war, als du hineingegangen bist. Erinnerst du dich daran?", forschte Mrs Sullivan. Ihre Augen waren aufmerksam. Blicke, die alles registrierten.

Es ist sinnlos, dachte Rae. *Rocha kann bezeugen, was ich gesagt habe. Ich mache mich nur verdächtig mit diesem Durcheinander-Blödsinn. Und Anthony hilft es auch nicht weiter.*

„Ja, ich erinnere mich", antwortete Rae.

„Und wer war das, den du da gesehen hast?", fragte Mrs Sullivan.

Rae sah Mrs Sullivans auffordernden Blick. Dann sagte sie das Einzige, was sie sagen konnte:

„Es war Anthony Fascinelli."

Anthony ging zum Gemeinschaftsraum. Er betete darum, dass seine Mutter etwas angezogen hatte, das die Aufmerksamkeit der Jungen nicht allzu sehr erregte. Er öffnete die Tür – und sah Jesse am Tisch in der hinteren Ecke sitzen. Und er war nicht allein. Rae saß neben ihm.

Bitte nicht! Er musste sich hier schon ziemlich viel bieten lassen. Aber das nun nicht auch noch! Anthony stapfte zum Tisch und lehnte sich vornüber, bis er Rae direkt in die Augen sehen konnte. „Hau ab hier!", befahl er. „Und zwar gleich."

„Sie will dir helfen", sagte Jesse.

„Schwachsinn!", schoss Anthony zurück, ohne den Blick von Rae zu wenden. Er bemühte sich so leise zu sprechen, dass ihn der Aufseher des Raumes nicht hörte. „Wenn sie nicht wäre, wäre ich jetzt nicht hier."

„Setzen Sie sich, Mr Fascinelli!", rief der Aufseher ihm zu. Anthony setzte sich, ohne Rae aus den Augen zu lassen. Schließlich wich sie seinem Blick aus, und Anthony fühlte eine Welle der Zufriedenheit.

„Du weißt, dass das nicht ganz wahr ist", protestierte Rae. Sie hatte ihren Blick gesenkt, und ihre Stimme klang weinerlich. „Sie haben das ganze Zeug in deinem Rucksack gefunden, und darum ..."

„Wenn du deinen dummen Mund gehalten hättest, hätten sie gar nicht erst in meinen Rucksack geguckt", gab Anthony zurück.

Rae reckte das Kinn vor. „Was hattest du überhaupt in der Mädchentoilette zu suchen? Und komm mir jetzt nicht mit dem Bei-den-Jungen-war-alles-überschwemmt-Märchen." Ihre Stimme klang jetzt nicht mehr weinerlich. Sie war scharf und anklagend. Jetzt war sie diejenige, die sich ihm so weit näherte, dass sich ihre beiden Nasen fast berührten, und deren blaue Augen vor Ärger blitzten. Als wenn sie diejenige gewesen wäre, die sich über irgendetwas zu beschweren hatte.

„Du hast sie wohl nicht mehr alle! Kommst einfach hier herein und stellst mir Fragen?", zischte Anthony. Er sah

ärgerlich zu Jesse. „Ich hoffe nur, das war nicht deine Idee."
„War es nicht", sagte Rae. „Hör zu, lass uns alles ganz von vorne durchgehen, okay?" Sie berührte ihn für den Bruchteil einer Sekunde am Handgelenk, und er fühlte die Wärme ihrer Finger bis in die Knochen. „Ich bin hierher gekommen ..." Sie zögerte, dann begann sie von neuem: „Ich bin hierher gekommen, weil ich glaube, dass du nicht derjenige bist, der die Bombe gelegt hat. Und weil ich nicht dafür verantwortlich sein will, dass du nach Ashton kommst."

Ashton. Dieses Wort ging ihm durch Mark und Bein.

„Daran werdet ihr beide nichts ändern können." Anthony sah Rae durchdringend an. „Sofern du nicht vorhast, die Bullen anzulügen."

„Ich habe meine Aussage schon gemacht", gab Rae zu. Sie strich wieder flüchtig mit den Fingern über sein Handgelenk. „Aber ich hatte Rocha ja schon alles erzählt. Ich dachte, wenn ich meine Story noch änderte, würde das alles nur schlimmer machen. Tut mir Leid."

„Dann bist du also hierher gekommen, damit ich jetzt sage: ‚Ach, macht nichts. Ich kann verstehen, dass du ein schlechtes Gewissen hast, aber es ist doch alles gar nicht deine Schuld.' Ist es das, was du willst?" Anthonys Hand ballte sich zu einer Faust zusammen. Er zwang sich, sie wieder zu öffnen.

„Deswegen sind wir nicht gekommen. Wir wollen herausfinden, wer es getan hat", sagte Jesse eifrig.

„Was glaubt ihr denn, wer ihr seid? Vielleicht ein paar alberne Privatdetektive?", entgegnete Anthony. Er fühlte eine Spur von Bedauern, als er Jesses gekränktes Gesicht sah. Aber mal ehrlich, was dachten sich die beiden eigentlich?

„Wir sind die einzigen Freunde, die du hast", sagte Rae leise. „Und was wir tun können, wird die Sache sicher nicht schlimmer machen." Jesse sagte gar nichts. Er konnte Anthony noch nicht mal ins Gesicht sehen.

Der fuhr sich mit den Fingern durchs Haar. „Du hast Recht", gab er zu. „Also, was habt ihr für einen Plan? Habt ihr überhaupt irgendeinen Plan?"

„Noch nicht", sagte Rae. „Wir dachten nur, wenn du uns einfach ... nur eins sagen könntest, dann würden wir ... äh ... versuchen, Beweise zu finden."

Ihr Gesicht färbte sich bis zu den Haarwurzeln rosa. Als wenn sie sich schämte, solchen Unfug zu erzählen. Und eigentlich hatte sie auch Grund dazu. Es war absolut aussichtslos.

„Warum warst du in der Mädchentoilette?", fragte Jesse. Er hatte die Schultern hochgezogen, als fürchtete er sich, diesen Satz auszusprechen. „Das werden sie dich beim Verhör mit Sicherheit auch fragen."

„Der Typ, bei dem ich Gras kaufe, hatte gesagt, dass er da etwas für mich hinterlegt hätte", sagte Anthony. Er warf einen schnellen, prüfenden Blick zum Aufseher. Der Typ war immer noch zu weit entfernt von ihnen, um etwas mitzubekommen. Er drückte sich in der Nähe eines Tisches herum, an dem ein Typ mit seiner Freundin saß, die Brownies mitgebracht hatte. Offensichtlich spekulierte er darauf, ein paar abzubekommen.

„In der Mädchentoilette?", fragte Rae.

„Der Typ war leider schon immer ein Schwachkopf", antwortete Anthony. „Aber das ist sogar für Nunan ein neuer Tiefpunkt."

„Dann tauscht ihr den Stoff normalerweise nicht dort aus?", fragte Jesse und zog tatsächlich ein kleines Notizbuch und einen Stift aus seiner Tasche.

Anthony schüttelte den Kopf. „Normalerweise gehe ich einfach zum *7-Eleven* und hole es mir direkt bei ihm ab."

„Okay", sagte Rae. „Ich bin zwar nicht Miss Marple, aber ich würde sagen, als Erstes müssen wir mal mit diesem Nunan reden. Ihn fragen, warum er die Mädchentoilette ausgesucht hat. Und herausfinden, ob er etwas gesehen hat, als er das Päckchen dort versteckt hat." Sie sah zu Jesse, und der nickte kurz, dann kritzelte er weiter. Sie waren schon fast ein Team.

„Schaden kann es wahrscheinlich nicht", sagte Anthony. Er verschränkte die Hände hinter dem Kopf und lehnte sich zurück, wobei er versuchte, das Rückgrat durchzudrücken. Es fühlte sich an, als sei es aus Zement oder so ähnlich.

„Pass bloß auf, dass du nicht zu dankbar klingst", sagte Rae und konnte die leichte Verärgerung in ihrer Stimme nicht verbergen.

„Bist du deswegen hergekommen? Weil du Dank abkassieren willst?", fragte Anthony.

„Nein", antwortete Rae. Sie strich sich mit dem Finger über eine Augenbraue, um sie zu glätten.

„Warum dann? Erklär's mir. Du kennst mich doch überhaupt nicht. Wie kannst du dir also so sicher sein, dass ich die Bombe nicht gelegt habe?", fragte Anthony.

„Halt die Klappe! Wir wissen doch, dass du es nicht warst", rief Jesse.

„Ich weiß, dass du weißt, dass ich es nicht war", erwiderte Anthony. Dann wandte er sich wieder an Rae. „Aber mir leuchtet einfach nicht ein, warum du hier bist. Und ich hab keinen Bock, mir von jemandem helfen zu lassen, wenn ich nicht genau weiß, was dahinter steckt."

„Ich will nur ... Du kommst mir einfach nicht vor wie jemand, der ..." Sie unterbrach sich und strich sich wieder mit dem Finger über die Augenbraue.

„Blödsinn!", zischte Anthony. „Entweder, du sagst mir jetzt die Wahrheit, oder du haust ab. Jesse kann auch allein mit Nunan reden."

Rae antwortete nicht. Sie schwieg so lange, dass Anthony dachte, sie würde überhaupt nicht mehr antworten. Dann stieß sie einen zittrigen Seufzer aus. „Jesse, würde es dir was ausmachen, draußen auf mich zu warten?", fragte sie.

„Warum?", fragte Jesse und verschränkte die Arme über der Brust.

„Ich möchte einen Augenblick allein mit Anthony reden. Okay?"

Jesse sah kurz zu Anthony, und Anthony nickte. Dann stand Jesse zögernd auf und ging zur Tür.

„Wehe, wenn das jetzt nichts ist", sagte Anthony.

Rae sah ihn einen Augenblick lang an. Ihre blauen Augen blickten kampflustig. „Ich glaub schon, dass es was ist. Sogar ziemlich viel." Sie setzte sich auf ihrem Stuhl gerade, nahm ihre Handtasche und holte einen Lippenstift heraus. Mit ein paar schnellen Bewegungen zog sie ihre Lippen nach, ohne dabei ein einziges Mal über den Rand zu malen.

„Brauchst du Lippenstift, um darüber zu reden?", fragte Anthony und versuchte, nicht auf ihren Mund zu achten, der nun feucht und glänzend war.

„Ich bin eben nervös", zischte sie. Sie warf den Lippenstift zurück in ihre Handtasche, dann stellte sie die Tasche auf ihren Schoß. „Du weißt doch, dass ich im Krankenhaus war, oder?"

„Ja. Du hattest eine Art Zusammenbruch", antwortete er. Aber was zum Teufel hatte das mit ihm zu tun?

„Ja. Ich bin völlig zusammengeklappt. Es war nämlich so: Ich hatte plötzlich alle möglichen Gedanken im Kopf. Gedanken, die nicht von mir stammten", erzählte sie rasch und presste ihre Tasche noch fester an sich.

„Was soll das heißen – die nicht von dir stammten?", fragte Anthony. War dieses Mädchen völlig durchgedreht? Im

Oakvale-Institut war sie ihm ziemlich normal vorgekommen, aber das hier klang nicht allzu gut.

„Ich kann es kaum erklären. Bei diesen Gedanken ... bin nicht ich diejenige, die sie gedacht hat. Sie tauchen nur einfach in meinem Kopf auf. Manchmal ganz klar, manchmal verschwommen. Manchmal auch knisternd und wie durch Spannung überlagert. Und manchmal ... manchmal fühlen sie sich irgendwie nach anderen Leuten an. Nach meinem Vater zum Beispiel. Oder nach Jesse. Oder ... nach dir." Sie lachte rau. „Glaub nicht, ich wüsste nicht, wie das klingt. Wenn du hier rauskommst, gibst du ein psychologisches Gutachten über mich in Auftrag und sagst gegen mich aus."

Anthony ließ ihr Gesicht nicht aus den Augen. Er hatte Übung darin, zu erkennen, ob jemand log oder nicht. Rae sah irgendwie komisch aus, aber er hatte nicht den Eindruck, dass sie sich das alles ausdachte.

„Und was hat das damit zu tun, dass du dich um mich kümmern willst?" Wenn er sie weiter zum Reden brachte, bekam er vielleicht heraus, worauf sie eigentlich hinauswollte. Im Moment hatte er einfach nur den Eindruck, dass man sie viel zu früh aus dem Krankenhaus entlassen hatte.

„Nachdem in der Toilette die Bombe hochgegangen war, habe ich auch solche Gedanken gehabt. Solche Nicht-meine-Gedanken. So hab ich sie genannt. Ich hatte sie so oft, dass ich ihnen einen Namen geben musste. Also, einer dieser ... dieser Gedanken eben ..." Sie schloss die Augen und atmete tief durch. „Er betraf dich. Etwas in der Art wie: ‚Sie werden glauben, Anthony war es.' Als wenn dich jemand austricksen wollte."

Sie schlug die Augen auf und sah ihn wieder an. Ihr Blick war durchdringend. Als wollte sie herausfinden, ob er ihr glaubte. Anthony hatte Mühe, sein Gesicht ausdruckslos zu halten.

„Und später, im Schwesternzimmer, als ich diesen blauen Becher in der Hand hielt, den du mir gegeben hattest, ging es in den Gedanken nicht um dich. Sondern diese Gedanken fühlten sich an, als stammten sie von dir", fuhr Rae fort. Sie schien geradezu darum zu bitten, dass er ihr glaubte.

„Du hattest Gedanken, die sich nach mir anfühlten?", wiederholte Anthony. Er lehnte sich mit dem Stuhl zurück, sodass er auf zwei Beinen kippelte. „Und was waren das für Gedanken?" Er war sich allerdings nicht ganz sicher, ob er das wirklich wissen wollte.

Rae nahm eine Dose mit Pfefferminzpastillen aus ihrer Tasche. „Willst du?", fragte sie.

„Ich will, dass du meine Frage beantwortest", antwortete er. Rae holte eine Pastille aus der Dose, steckte sie in den Mund und hielt sie mit den Zähnen fest. „Eigentlich ging es nur darum, dass du ..." Sie unterbrach sich, während sie die Pastillendose wieder in ihrer Tasche verstaute. Anthony hätte vor Ungeduld schreien können, aber er beherrschte sich, damit sie fortfuhr. „Diese Gedanken klangen so, als machtest du dir wirklich Sorgen wegen dem, was mir passiert war", sagte sie so leise, dass er Mühe hatte, sie zu verstehen. „Als hättest du Angst um mich. Und als wolltest du herausfinden, wer dahinter steckte."

Anthony ließ die Vorderbeine des Stuhles zurück auf den Boden krachen. Das war ja absolut unglaublich!

„Und du glaubst, dass das wirklich meine Gedanken waren? Ich meine, hältst du dich für eine Art Gedankenleserin oder was?"

Rae zuckte hilflos die Schultern. „Ich habe keine Ahnung, woher diese Nicht-meine-Gedanken kommen. Vielleicht sind sie ja auch einfach nur ein Stück Verrücktheit." Sie schüttelte den Kopf. „Aber so fühlen sie sich eigentlich nicht an. Vor allem in letzter Zeit nicht. Langsam überlege ich, ob … ich weiß auch nicht … ob ich vielleicht gar nicht verrückt bin und mir das nicht einfach alles nur vorstelle. Denn diese Gedanken … sie fühlen sich so an, als stammten sie wirklich von anderen Leuten."

„Pass mal auf, ich …" Anthony räusperte sich. Sie sah so verängstigt aus und so verletzlich. Wie damals nach der Explosion. „Ich habe diese Gedanken tatsächlich gehabt. Es hat mich verrückt gemacht, dass du so blass warst, und überhaupt … Ich wollte gern etwas für dich tun. Aber ich wusste nicht, was. Darum habe ich dir das Wasser gebracht. Es war nicht viel, aber wenigstens etwas."

„Es war sehr viel", murmelte sie und klang dabei schüchterner, als er das von ihr gewöhnt war.

Anthony rückte seinen Stuhl näher an den Tisch heran. „Wenn du diese Gedanken wirklich für echt hältst, warum hast du Rocha dann gesagt, dass du mich gesehen hast? In diesem Moment hättest du noch alles verhindern können."
Rae strich sich die Haare aus dem Gesicht. „Ich wünschte ja, dass ich meinen Mund gehalten hätte! Aber es wäre schon ganz schön durchgeknallt, wenn ich diesen Gedanken wirklich glauben würde, oder nicht? Ich meine, welcher Mensch ... Ich bin mir immer noch nicht sicher, ob ich nicht einfach spinne." Sie legte ihre Hände auf den Tisch, als wollte sie ihn berühren, ohne nah genug an ihn heranzukommen.
„Ich verstehe", sagte Anthony. Er bemerkte, dass ein paar Strähnen ihres Haares auf ihrer Stirn klebten. Sie kam ins Schwitzen. Er auch. Die ganze Sache war ziemlich verwirrend. „Hast du diese Gedanken auch jetzt, während wir miteinander reden?"
Es war wie ein Eisenbahnunglück, bei dem man zusah. Er musste die Sache weiter vorantreiben, musste genau wissen, worauf er sich einließ.
„Ja", gab sie zu.
„Sag sie mir", forderte Anthony.
„Es knistert ziemlich. Aber es ist etwas wie ‚Halte es keinen Tag länger mehr aus.' ‚Besser als zu Hause.' ‚Muss *Dos Equis* für Tom kaufen'", sagte Rae.
Anthony fühlte ein Rinnsal kalten Schweißes über seinen Rücken laufen.

„Jetzt habe ich dich völlig verwirrt, was?" Rae stand auf. „Ich weiß auch nicht, was ich mir dabei gedacht habe. Wie solltest du mir glauben können? Meistens glaube ich mir ja nicht mal selbst." Sie wandte sich um und wollte weggehen.

„Muss *Dos Equis* für Tom kaufen", wiederholte er. „Das ist komisch."

Rae wandte sich wieder um und sah ihn an. Ihre Handtasche hielt sie wie einen Schild vor sich. „Wieso ist das komischer als alles andere?", fragte sie.

„Weil *Dos Equis* das Bier ist, das mein Stiefvater trinkt. Und er heißt Tom", erklärte Anthony.

„Ja, das ist komisch. Aber auch typisch. In letzter Zeit jedenfalls. Hör zu, ich muss jetzt gehen." Sie zögerte. „Bist du denn einverstanden, wenn ich Jesse helfe?"

„Ja. Wenn du willst", antwortete Anthony. In Gedanken war er immer noch zur Hälfte bei der *Dos-Equis*-Tom-Sache. Er wusste nicht, was er von Raes „Nicht-meine-Gedanken" halten sollte. Aber was immer auch mit ihr los war, er glaubte ihr jetzt, dass sie ihm helfen wollte.

Rae machte einen Schritt, dann blieb sie wieder stehen. „An diesem Tag in der Toilette, da kam mir noch so ein Gedanke", begann sie stockend. Sie blickte zu Boden. „Es gab diesen einen, dass man dich verdächtigen würde. Aber es gab auch einen, der mich betraf."

„Und was war das für einer?", fragte Anthony, als sie nicht fortfuhr.

Sie hob ihren Blick und sah ihm starr in die Augen. „Der andere ... er lautete: ‚Rae unbedingt umbringen.' Wenn ich also nicht verrückt bin – wobei es absolut denkbar wäre, dass ich doch verrückt bin – ich meine ..." Sie unterbrach sich, atmete tief und hörbar ein. „Wenn ich nicht verrückt bin, dann wollte derjenige, der dich ausgetrickst hat, mich mit dieser Bombe töten."

KAPITEL NEUN

Ich merke, dass sich Raes Fähigkeiten entwickeln. Ich kann es geradezu sehen, wenn ich sie betrachte.
Ich glaube, sie hat noch nicht mitbekommen, dass sie ... so wird. Sie weiß nur, dass etwas nicht stimmt. Dessen bin ich mir sicher. Aber sie hat keine Vorstellung, wozu sie jetzt schon in der Lage ist.
Selbst ich weiß nicht genau, welche Stufe ihre Fähigkeiten erreicht haben. Aber ich werde es herausfinden. Vielleicht noch vor Rae selbst. Ich muss mich beeilen. Wenn Rae ihre Fähigkeiten zu nutzen beginnt, bevor ich weiß, worin sie bestehen, könnte jemand zu Tode kommen.

***

Rae machte einen Abstecher in die Toilette ...
/ *bekomme meine Periode* / *ob Vince wohl* /
... bevor sie in die Cafeteria ging. Für den Fall, dass sie eine „zufällige" Jeff-Begegnung haben sollte, womit sie ziemlich fest rechnete, wollte sie sich die Haare kämmen und die Lippen nachziehen.
Rae ging zu den Waschbecken. Sie wollte sich zwischen zwei andere Mädchen schieben, um eine Ecke des Spiegels

zu erhaschen. Aber die Mädchen wichen gleich aus und überließen Rae den ganzen Spiegel.

Einer der Vorteile, wenn man ein freigelassener Psychopath ist, dachte Rae. Aber es wunderte sie doch, weil sie die beiden Mädchen nie zuvor gesehen hatte. Sie gehörten offensichtlich zur untersten Klasse – diese Tatsache stand ihnen praktisch auf ihre *Clearasil*-Stirn geschrieben; darum konnten sie auch gar nichts davon mitbekommen haben; von dem Zwischenfall letztes Schuljahr in der Cafeteria. Aber anscheinend sprachen sich die blutrünstigen Details doch immer noch herum.

Die Frischlinge machten sich eilig zurecht und verließen die Toilette schnell wieder.

„Keine Angst, es ist nicht ansteckend", sagte Rae leise. Eine der hinter ihr liegenden Kabinentüren wurde geöffnet. *Super*, dachte Rae, *jetzt hat noch jemand gehört, dass ich Selbstgespräche führe.* Sie blickte über ihre Schulter und sah Lea auf sich zukommen.

„Was ist nicht ansteckend?", fragte sie.

„Du weißt schon. Verrückt werden", antwortete Rae.

„Hat das etwa jemand zu dir gesagt?", fragte Lea. Sie schien bereit zu sein, auf der Stelle hinauszustürzen und denjenigen in den Hintern zu treten.

„Nein. Das nicht", sagte Rae. „Es ist nur ... Weißt du, ich merke eben, dass sich die Leute nicht ganz wohl fühlen, wenn ich in der Nähe bin."

„Das sind Ärsche", sagte Lea und wusch sich die Hände.

„Und nicht deine Freunde. À propos: Wieso hast du dich in den letzten Tagen nicht mehr beim Essen blicken lassen?"
Rae zuckte die Schultern. Lea dachte also, dass es für Rae das Beste wäre, wenn sie weiter mit ihnen zu Mittag aß, auch wenn es ihr nicht gut tat, zu ihren Partys zu kommen. Rae musste sich einen Kommentar verkneifen.
„Lass mich raten: Es liegt an Marcus und Dori. Ich hatte ihnen gesagt, sie sollten dich nicht merken lassen, dass sie ..." Lea verstummte plötzlich.
„Man muss mir nichts verheimlichen", zischte Rae. „Ich werde nicht gleich wieder ausrasten – jedenfalls solange nicht alle die ganze Zeit so übertrieben nett und schleimig zu mir sind." Sie bemerkte die leichte Röte auf Leas Gesicht, fuhr aber trotzdem fort: „Weißt du, was mir stattdessen geholfen hätte? Wenn mich jemand eingeweiht hätte. Ich wäre froh gewesen, wenn ich eine Sekunde vorher gewarnt worden wäre."
Zum Beispiel von derjenigen, die meine beste Freundin sein sollte, fügte sie stumm hinzu.
Lea nickte. „Ich hätte es dir sagen sollen. Du hast Recht. Ich hatte ihnen geraten, die Sache geheim zu halten. Wenigstens für eine Weile. Aber diese Dori kann einfach nicht ihre Finger von Marcus lassen ..." Lea unterbrach sich wieder. Sie machte einen Schritt zur Tür. „Also kommst du jetzt mit?", fragte sie. Ihre Stimme klang plötzlich fröhlich. „Wir können uns ja an einen anderen Tisch setzen."
Rae verzog das Gesicht. „Ich habe mir etwas zu essen mit-

gebracht", sagte sie. „Ich glaube, ich esse lieber im Kunstraum. Ich arbeite nämlich gerade an einem Bild."

„Ach so. Okay. Ich weiß ja, wie es ist, wenn du in Künstlerlaune bist", antwortete Lea, und ein winziger Hauch Erleichterung schwang in ihrer Stimme mit. „Also, bis später dann", fügte sie hinzu. Sie winkte kurz und ging hinaus.

Rae bürstete schnell ihre Haare und nahm ein paar kleinere Make-up-Korrekturen vor. Sie ignorierte die Nicht-ihre-Gedanken, die durch ihren Kopf schwirrten. Dann verließ sie die Toilette und lief auf schnellstem Weg zum Treppenhaus. Als sie die Tür dorthin erreichte, packte sie den Griff ...

/ werde glücklich /

... und zögerte. Vielleicht war sie ein bisschen zu engagiert. Es gab nichts, was unattraktiver war. Das hatte sie ziemlich schnell herausgefunden, als sie angefangen hatte, sich auf das Boys-and-Girls-Spiel einzulassen. Es würde Jeff nicht umbringen, wenn er sie einen Tag lang mal nicht sah.

Aber mich vielleicht, dachte Rae. Sie hatte sich den ganzen Vormittag auf ihren Kurzurlaub im Lande der Normalen gefreut. Nach all den Dingen, die mit Anthony zu tun gehabt hatten, brauchte Rae eine kleine Verschnaufpause. *Morgen*, sagte sie zu sich selbst. *Jeff muss ja nicht wissen ...*

Bevor sie den Gedanken zu Ende führen konnte, wurde die Tür geöffnet, und Jeff grinste ihr entgegen. Er fasste sie am Handgelenk und zog sie ins Treppenhaus, dann schloss er hinter ihnen die Tür. „Ich habe ein kleines Picknick für uns arrangiert", sagte er zu ihr.

„Das sehe ich", meinte Rae und blickte auf das ordentlich ausgebreitete und mit Essen beladene Tuch.

„Nur falls du Bedenken haben solltest: Zur Zubereitung dieser Mahlzeit haben keine Tiere erlegt werden müssen. Dafür habe ich mich in den Finger geschnitten, als ich die Möhren geschält habe." Er zeigte ihr das Pflaster an seinem kleinen Finger.

„Armer Kleiner", rief Rae flirtlustig.

„Du könntest einen Kuss darauf drücken. Dann tut es nicht mehr weh", schlug Jeff vor. Er warf ihr einen wehleidigen Blick zu.

Rae lachte. „Das kann ich natürlich tun. Immerhin hast du dich ja meinetwegen verwundet." Sie nahm seine Hand und drückte einen flüchtigen Kuss auf seinen Finger.

Die Atmosphäre im Treppenhaus änderte sich, etwa so wie sich die Luft vor einem Gewitter verändert. Raes Augen trafen Jeffs Blick, und sie sahen einander einen langen, verwirrenden Moment an. Dann beugte Jeff sich vor, nur ein klein wenig. Rae beugte sich ebenfalls vor. Und plötzlich küssten sie sich.

Ich kenne diesen Jungen gerade mal seit vier Tagen, dachte Rae, während sie ihre Hände in seinem Haar vergrub. *Das ist vielleicht keine so tolle Idee.*

Aber es war so ein tolles Gefühl. Ihre Welt bestand nur noch aus seinen Händen und ihren Händen, seinem Mund

und ihrem Mund. Und diese Welt war ein wunderbarer Ort.

Während der Bus die Straße entlangfuhr, sah Rae Jesse schon auf dem Parkplatz des *7-Eleven* stehen. *Jetzt ist Showtime*, dachte sie. Die Bustüren öffneten sich, sie stieg aus, guckte kurz nach dem Verkehr und lief dann zu Jesse.
„Arbeitet dieser Nunan heute überhaupt?", fragte sie, als sie vor ihm stand.
„Ja", antwortete Jesse. „Ich hätte aber auch allein zu ihm gehen und mit ihm reden können."
„Kennst du ihn denn?", fragte Rae, ohne sich die Mühe zu machen, Jesse zu erklären, warum er dies auf keinen Fall allein hätte tun sollen.
Jesse schüttelte den Kopf. „Nicht richtig. Ich habe ihn ein paar Mal mit Anthony zusammen gesehen."
Rae sah durch das Fenster und guckte sich den Typen hinter der Theke an. Er schüttelte gerade seinen rasierten Kopf und kicherte in sich hinein. Leider sah er aus wie jemand, der Schwierigkeiten damit haben könnte, sich an manche Dinge genau zu erinnern. „Also. Bist du bereit?"
Jesse antwortete, indem er auf die Tür zusteuerte. Er hielt sie für Rae offen, und dann gingen sie gemeinsam zur Theke. „Hallo, Nunan", sagte Jesse. „Wie geht's?"
Nunan strich sich erneut mit der Hand über den Kopf und sah Jesse an. „Kenne ich dich, du Zwerg?"
Rae sah, wie sich Jesses Schultern bei dem Wort „Zwerg"

versteiften. Aber er ignorierte die Bemerkung. „Ich war schon ein paar Mal mit Fascinelli zusammen hier. Das hier ist seine neue Freundin." Jesse deutete mit dem Daumen auf Rae.

Sagt er das, weil er meint, dass Nunan dann eher mit mir redet?, dachte sie. *Oder glaubt er das tatsächlich? Denn wenn er wirklich glaubt, dass ich Anthonys Freundin bin, dann müssen Jesse und ich uns wohl mal etwas intensiver unterhalten.*

„Ach so. Ich hatte schon gedacht, du wärst vorbeigekommen, um mich kennen zu lernen", wandte Nunan sich an Rae. „Hier kommen nämlich die tollsten Mädchen vorbei, weil sie die Legende vom großen Nunan gehört haben."

Rae musste ein Schnauben unterdrücken, als sie sah, dass sich ein leichter Wanst unter seinem alten T-Shirt abzeichnete. „Das leuchtet mir vollkommen ein", sagte sie und spielte die Schmeichelkarte aus. „Aber eigentlich wollen Jesse und ich dich nur etwas fragen."

„Schieß los." Rick nahm eine Hand voll Sonnenblumenkerne aus einem Beutel, der unterhalb der Theke lag, und warf sie sich auf einmal in den Mund.

„Als du das, äh, das Päckchen für Anthony in der Toilette des Oakvale-Instituts deponiert hast, ist dir da irgendetwas Komisches aufgefallen?", fragte Rae. „Da hat nämlich jemand eine Bombe gelegt. Sie hätte mich fast umgebracht. Ich habe seitdem immer noch Panikattacken und muss unbedingt wissen, wer diese Bombe gelegt hat. Erst dann kann ich mich wieder sicher fühlen." Sie dachte, Nunan hätte vielleicht Spaß daran, einem verängstigten Frauchen zu helfen. Jedenfalls war das bei den meisten Typen so.

Ricks Stirn legte sich in Falten. „Tut mir Leid. Ich war gar nicht in Oakvale", antwortete er. Er spie die Schalen einiger Sonnenblumenkerne aus. „Das kann noch längst nicht jeder – sie im Mund schälen", erklärte er Rae. „Man muss Übung mit der Zunge haben."

Oh, Hilfe!, dachte Rae. „Hm", machte sie. „Anthony hat aber gesagt, dass du ihm dort in der Mädchentoilette Gras versteckt hattest."

„Warte mal." Rick spie noch einige Schalen auf den Tresen, dann wischte er sie mit der Hand zu Boden. „Ja. Jetzt weiß ich's wieder. Ich habe es diesem Typen aus Anthonys Gruppe mitgegeben. Er hat etwas für sich gekauft und meinte, er würde es Anthony mitbringen. Ich war mir sicher, dass Fascinelli sich alle Finger danach lecken würde. Übrigens bekomme ich dafür auch noch Geld von ihm."

„Was war das für ein Typ?", fragte Jesse.

„Hm. Seinen Namen weiß ich nicht mehr. Ich war ziemlich drauf", gab Nunan zu. Er kicherte, wobei ihm einige Sonnenblumenkerne aus dem Mund flogen.

Scheint ja ein Dauerzustand zu sein, dachte Rae und blickte kurz in Ricks blutunterlaufene Augen. „Weißt du wenigstens noch, wie er aussah?", fragte sie und versuchte die Ungeduld in ihrer Stimme zu unterdrücken.

„Er war ... keine Ahnung. Irgend so ein Typ halt", antwortete Rick.

„Weiß? Schwarz? Asiate? Braunes Haar? Blondes Haar? Irgendwelche besonderen Merkmale?", forschte Rae weiter.

Rick spie noch mehr Schalen aus. „Kann sein, dass er ein grünes T-Shirt angehabt hat."

„Ein grünes T-Shirt", wiederholte Rae.

Nunan nickte. „Ja, ziemlich sicher. Grün. Oder vielleicht auch blau. Irgendetwas Wässriges jedenfalls."

„Ah ja. Gut. Vielen Dank", sagte Rae. *Für nichts und wieder nichts. Diese kleine Expedition war vollkommen umsonst!*

„Dann meinte er noch: ‚Irgendetwas Wässriges jedenfalls'", sagte Rae.

„Typisch Nunan", antwortete Anthony. Er lehnte sich in seinem Stuhl zurück, bis er auf zwei Beinen balancierte. Der Typ, der den Gemeinschaftsraum überwachte, warf ihm einen missbilligenden Blick zu, und Anthony ließ den Stuhl auf den Boden zurückpoltern.

„Jesse wird sich bei unserer nächsten Gruppensitzung ein bisschen umhören", fuhr Rae fort.

„Nein, das darf er nicht tun", sagte Anthony, und ein Stromstoß aus Angst durchzuckte seinen Körper. „Es ist gut möglich, dass derjenige, der das Gras versteckt hat, auch die Bombe gelegt hat. Um mich auszutricksen, musste ich ja in der Toilette gesehen werden. Wenn Jesse den falschen Leuten die falschen Fragen stellt, dann passiert ihm womöglich auch noch was." Wenn sich jemand seinetwegen an

Jesse vergriff, würde Anthony sich den Weg hier herausprügeln und denjenigen die Köpfe einschlagen.
Raes Augen weiteten sich. „Daran habe ich noch gar nicht gedacht! Du hast Recht! Ich muss ihn davon abhalten", sagte sie schnell. „Aber ich glaube, ich habe Nunan schon zu viel erzählt."
„Nicht so schlimm." Die Spannung wich ein wenig aus Anthonys Körper. „Er hat nicht mehr allzu viele Gehirnzellen, um Genaueres behalten zu können. Du musst aber trotzdem vorsichtig sein. Nicht alle sind wie Nunan." Er sah ihr ins Gesicht, um sicher zu gehen, dass sie das, was er sagte, ernst nahm. „Vielleicht solltet ihr beide lieber die Finger von der Sache lassen."
„Ich werde bestimmt nicht die Finger davon lassen", schoss Rae zurück. „Wenn ich nicht wäre, dann wärst du jetzt nicht hier."
„Ich wäre nicht hier, wenn mich nicht jemand ausgetrickst hätte", korrigierte er sie, weil ihm schließlich klar geworden war, dass dies die Wahrheit war. Okay, Rae war nicht ganz unschuldig daran, dass er hier gelandet war. Aber sie war nicht diejenige, die das Beweismaterial in seinen Rucksack gepackt hatte. Er senkte seinen Blick auf die Tischplatte. „Da ist noch etwas, worüber ich mit dir reden wollte."
Anthony zögerte. Er kam sich wie ein Idiot vor, jetzt damit anzufangen. Vielleicht würde sie sich dadurch noch mehr Sorgen machen. Aber er hatte den größten Teil der Nacht wach gelegen und immer wieder darüber nachgedacht,

was sie ihm von den Nicht-ihre-Gedanken erzählt hatte. Am Morgen hatte er sich kundig gemacht – eine Premiere für Anthony Fascinelli – und eine Theorie entwickelt. Und auch wenn ein Fink sich normalerweise in der Entwicklung von Theorien besser zurückhielt, dachte Anthony, dass er ganz vielleicht und möglicherweise doch Recht haben könnte.

„Du erinnerst dich doch, dass du mir von den Nicht-deine-Gedanken erzählt hast?", begann er. Er sah sie kurz an.

Ihr Gesicht wirkte plötzlich verschlossen. „Hm", machte sie und hielt wieder ihre Handtasche wie ein Schutzschild vor sich.

„Ich habe ein Buch gelesen." In Wahrheit hatte er eine der Helferinnen in der Anstaltsbibliothek dazu gebracht, es ihm vorzulesen. Das hatte er sehr schlau angestellt. Er war sich ziemlich sicher, dass die Frau, die ihm vorgelesen hatte, nicht vermutete, dass er eine Million Jahre brauchen würde, um es selbst zu lesen.

„Ein Buch", wiederholte Rae mit leiser Stimme.

„Ja, ein Buch über Psi-Phänomene", antwortete Anthony. Er beugte sich näher zu ihr, damit niemand etwas hören konnte, und atmete eine Wolke von dem Grapefruit-Parfüm ein, das sie trug. „Darin steht, dass es Leute gibt, die einen Gegenstand berühren und dann seine Geschichte kennen. Ich dachte, dass es bei dir ja irgendwie ähnlich ist. Du erkennst zwar nicht genau die Geschichte, aber doch irgendwelche Daten."

„Wir sollten uns überlegen, wie wir weitermachen wollen", sagte Rae, ohne auf ihn einzugehen. „Vielleicht kann ich es ja noch mal bei Nunan versuchen. Sofern es mir gelingt, ihn nüchtern anzutreffen."

„Er ist so gut wie nie nüchtern", antwortete Anthony. Er öffnete seinen Rucksack und nahm einen Stift heraus. „Fass mal das hier an." So leicht wollte er Rae aus dieser Sache jetzt nicht entkommen lassen. Dazu war es zu wichtig. Für sie beide.

„Mit dem Berühren von irgendetwas hat es überhaupt nichts zu tun. Die Gedanken fallen mir einfach so ein, kapiert? Das ist nicht Psi. Das ist verrückt."

Anthony schüttelte den Kopf. „Wenn du dir so sicher wärst, dass es verrückt ist, dann hättest du es mir nicht erzählt. Und du würdest nicht all das tun, um mir zu helfen. Du bist dir sicher, dass die Gedanken eine Bedeutung haben. Warum hast du dann solche Angst, es auszuprobieren?"

„Ich habe keine Angst", beharrte Rae. „Ich denke nur, dass es dumm ist."

„Du willst also einfach so weitermachen und Mitleid mit dir selbst haben, arme kleine Verrückte?", versuchte Anthony sie aus der Reserve zu locken. Rae sah aus, als wollte sie ihm eine knallen, aber darum kümmerte er sich nicht. „Gestern hast du noch erzählt, dass du Gedanken gehabt hast, die dich an mich erinnert haben. Als du diesen Becher in der Hand gehalten hast, den ich dir geholt hatte. Und du hattest deine Hand auf diesem Tisch, als du mir einen Gedanken gesagt hast, der absolut nach meiner Mutter klang. Als sie mich hier besucht hat, hat sie genau an diesem Tisch gesessen. Darum ist es sehr gut möglich, dass du ..."

„Dass ich sozusagen Supergirl-Kräfte besitze?", fragte Rae sarkastisch. Aber sie griff nach dem Stift.

Anthony beobachtete sie aufmerksam. Wonach er dabei sah, wusste er selbst nicht. „Und? Merkst du etwas?"

„Fahr zur Hölle", sagte Rae.

„Vergiss es. Ich wollte nur ...", begann Anthony.

„Nein. Das ist das, was ich spüre. Der Nicht-mein-Gedanke: ‚Fahr zur Hölle'", antwortete Rae.

Anthonys Herz schlug gegen seine Rippen. „Also ... einer der Jungen hat gestern mit diesem Stift auf ein Mädchen eingestochen. Darum kann ‚Fahr zur Hölle' eine Art Schwingung oder so von dem Kampf sein."

„Was hast du sonst noch?", fragte Rae. Sie klang gelangweilt, aber Anthony sah ihrem Körper die Spannung ziemlich genau an. Wenn sie sich nur halbwegs so fühlte wie er, musste in ihrem Inneren gerade ein Vulkan ausbrechen. Angst, Begeisterung und Triumph pulsten gleichzeitig durch seine Adern.

Anthony legte ein Kartenspiel auf den Tisch. Rae griff danach. „Ich habe Recht", sagte sie.

„Fühlst du das gerade? ‚Ich habe Recht'?", fragte Anthony. Die Lava in seinem Inneren kühlte ab. Vielleicht war das ‚Fahr zur Hölle' ein Zufall gewesen. Vielleicht war es ja nur das, was Rae in diesem Moment über Anthony gedacht hatte. Denn der Typ, von dem er das Kartenspiel geliehen hatte, war mega-depressiv. In seiner Freizeit hockte er immer nur auf seinem Bett und spielte Solitär. Er ging noch nicht mal ins Fernsehzimmer. Anthony bezweifelte, dass er sich jemals bei irgendetwas im Recht fühlen konnte.

„Das Komische ist, dass sich das ‚Ich habe Recht' ... nach dir anfühlte." Rae blätterte die Karten in ihrer Hand durch. Sie stieß einen kleinen Schrei aus und ließ die Karten fallen.

„Hast du noch etwas gespürt?", fragte Anthony und beugte sich näher zu ihr.

Rae schob sich die Haarsträhnen aus dem Gesicht. „Allerdings. Da war noch einer. Diesmal ohne Anthony-Beigeschmack. Er lautete: ‚Ich wünschte, ich wäre tot.'" Rae schluckte krampfhaft. „Ich konnte diese Verzweiflung spüren, diesen Selbsthass."

„Mit so etwas habe ich auch gerechnet", sagte Anthony, wobei seine Stimme lauter wurde. Er zwang sich, wieder leiser zu sprechen. „Aber ich verstehe dieses ‚Ich habe Recht' einfach nicht. Das sind nicht meine Karten." Er runzelte die Stirn und dachte nach. Dann setzte er sich aufrecht hin. „Aber ich habe sie in der Hand gehabt", rief er, und seine Begeisterung kehrte zurück. „Und ich habe gedacht, dass ich Recht hatte! Weil du etwas gespürt hast, als du den Stift berührt hast."

Er kam sich wie ein Kolibri vor. Ein Super-Kolibri. Rae empfing die Gedanken der Leute, die einen Gegenstand angefasst hatten. Aber wie? Er betrachtete ihre Hände, sah, wie sie nervös mit den Fingerspitzen auf dem Tisch herumtrommelte. Ihre Fingerspitzen. Plötzlich formte sich in seinem Kopf eine vage Idee.

„Wir müssen noch etwas ausprobieren. Komm mit." Anthony sprang vom Tisch auf. „Ich muss meiner Freundin zeigen, wo die Toilette ist", rief er dem Aufseher des Gemeinschaftsraumes zu. Ein gelangweiltes Nicken war die Antwort. Während er den Raum durchquerte, sah er kurz über seine Schulter, ob Rae ihm folgte. Das tat sie, aber sie sah nicht gerade glücklich aus.

Er führte sie Richtung Küche und sah durch das kleine Fenster in der Tür hinein. Perfekt! Die Küche war leer. Anthony lief zur Geschirrspülmaschine und riss sie auf. „Nimm dir einen Löffel und sag mir, was du spürst", befahl er. Die Löffel waren schon von unzähligen Leuten angefasst worden, aber sie waren frisch gespült. Wenn er Recht hatte, würde sie bei ihnen nichts spüren können.

„Nichts", sagte Rae und warf den Löffel auf die Anrichte. „Siehst du? Ich habe dir ja gesagt, dass ich nicht Super..."

„Wir sind noch nicht fertig", schnitt er ihr das Wort ab. Er überlegte einen Moment, dann nahm er den nächsten sauberen Löffel, der vom Spülen noch ganz warm war.

Ich bin ein ziemlich toller Hecht, dachte er.

„Jetzt nimm ihn und fass ihn genau da an, wo ich ihn angefasst habe", sagte Anthony zu Rae. „Aber sag mir nicht, was du fühlst. Sondern ich werde es dir sagen."

„Bist du jetzt vielleicht auch verrückt?", fragte Rae. Sie nahm den Löffel aber trotzdem.

„Ist da was?", fragte Anthony und verhaspelte sich fast vor Aufregung.

„Ja", antwortete Rae.

„Dann hör zu. Hier kommt der Nicht-dein-Gedanke: ‚Ich bin ein ziemlich toller Hecht'", sagte Anthony. „Habe ich Recht?"

„Ja", gab sie zu, und ihre Augen verengten sich zu Schlitzen. „Und es fühlt sich wieder nach dir an." Sie rieb sich über die Stirn, während sie den Löffel noch in der Hand behielt. „Wie hast du das gemacht?"

„Ich will erst noch ein paar andere Dinge ausprobieren. Enttäusch mich nicht, okay?" Er war sich sicher, dass er jetzt dahinter gekommen war. Hinter die ganze Sache. Nicht nur, dass sie anderer Leute Gedanken empfing, sondern auch, wie sie es tat.

„Fass den Löffel bitte noch mal an einer anderen Stelle an", sagte er. *Mann, ich höre mich wie ein aufgeregtes Kleinkind an*, dachte er. *Ich muss mich am Riemen reißen.*

Er sah zu, wie Rae ihre Finger an eine andere Stelle des Löffels legte. Sie zögerte einen Moment, dann schüttelte sie den Kopf. „Nichts."

Also, wer ist hier ein blöder Fink?, dachte Anthony.

„Jetzt noch einmal. Zum letzten Mal", sagte er. *Die tanzenden Donuts haben drei Flamingos gewonnen*, dachte er, als er einen anderen noch warmen Löffel in die Hand nahm.

Rae nahm ihn entgegen, wobei sie ihn am unteren Ende packte. „Ich merke überhaupt ...", wollte sie gerade sagen, aber er führte ihre Hand schon vorsichtig an die Stelle, wo er den Löffel berührt hatte. Ohne auf die feinen elektrischen Funken zu achten, die er in seinen Fingern spürte, als er ihre Hand berührte.

Sie sah ihn verblüfft an. Dann begann sie langsam zu sprechen: „Die tanzenden Donuts ..."

„... haben drei Flamingos gewonnen", beendete Anthony den Satz mit ihr.

Der Löffel glitt Rae aus der Hand und fiel klappernd zu Boden. Sie starrte ihn einen Augenblick lang an, dann bückte sie sich, um den Löffel aufzuheben. Doch plötzlich gab sie ihr Vorhaben auf und sank in die Knie.

Anthony hockte sich neben sie. „Ist alles okay?"

Sie antwortete nicht, sondern starrte weiter den Löffel an.

„Die Sache mit den Donuts und den Flamingos ... das habe ich gedacht, als ich den Löffel berührt habe", erklärte er. „Aber du musstest den Löffel genau an der gleichen Stelle berühren, um denselben Gedanken zu haben. Das ist der Weg, wie du die Gedanken empfängst, verstehst du? Wenn du die Fingerabdrücke anderer Menschen berührst, nimmst du ihre Gedanken auf. So funktioniert es. Du bist nicht verrückt, Rae."

Rae schloss ihre Augen. Anthony betrachtete sie hilflos. Schließlich strich er ihr über die Haare. Sie fühlten sich weich an. „Ist alles okay?", fragte er wieder.

Sie öffnete ihre Augen, und er konnte Tränen darin sehen. *Hoffentlich weint sie jetzt nicht*, dachte er.

„Ich bin also nicht verrückt?", fragte Rae mit zitternder Stimme.

„Ganz und gar nicht. Du bist einfach unglaublich!", antwortete Anthony. „Du bist eine ... Fingerabdruck-Leserin. Niemand wird mehr etwas vor dir verbergen können. Jedenfalls nicht, ohne die ganze Zeit Handschuhe tragen zu müssen."

„Fingerabdrücke", flüsterte Rae. „Mein Gott, Fingerabdrücke!"

Sie griff nach Anthonys Hand. Dann legte sie ihre Fingerspitzen an seine. Er fühlte ein Prickeln, als wenn Strom von ihr zu ihm oder von ihm zu ihr floss. Seine Finger begannen zu glühen. Als hielte er sie an Trockeneis, anstatt an warmes Fleisch.

Rae ließ seine Hand fallen. „Hast du etwas gespürt?", fragte Anthony.

„Ich ... ich muss jetzt gehen", sagte Rae und ging zur Tür.

„Warum? Was ist denn?", fragte Anthony. Er merkte, dass sie zitterte. „Was hast du denn gespürt? Ist etwas nicht in Ordnung?"

„Nein. Ich muss jetzt nur gehen." Rae wandte sich um und eilte davon.

KAPITEL ZEHN

Rae ging sehr langsam von der Bushaltestelle nach Hause. Die Hände hatte sie in die Taschen ihrer Jeans gesteckt. Sie wollte nicht, dass ihre Fingerspitzen versehentlich irgendetwas berührten. Nicht jetzt. Ihr Geist war wund. Empfindlich. Als sie Anthony berührt hatte, war es, als wäre sie mit ihm verschmolzen. Als wäre jeder ihrer Gedanken ein Gedanke von ihm. Als wenn es für einen Augenblick gar keine Rae mehr gegeben hätte.
Es war überwältigend gewesen. Sie hatte nicht nur ein paar deutlichere Gedanken und etwas statisches Knistern empfangen, sondern hunderte von Gedanken. Massenweise. Aber irgendwie war es ihr gelungen, sie alle aufzunehmen, auch wenn die meisten jetzt schon wieder verklungen waren. Was zurückblieb, waren Eindrücke und Gefühle. Sehnsucht nach seinem Vater. Angst davor, wie die Verhandlung für ihn ausgehen würde. Triumph darüber, dass er herausgefunden hatte, was mit Rae wirklich los war. Aufrichtige Dankbarkeit dafür, was sie für ihn tat. Sorge um sie. Es war so vertraut gewesen. So intensiv.
Rae schüttelte den Kopf. Sie dachte an die Zeit zurück, als es für sie die tief greifendste Erfahrung ihres Lebens war,

mit Marcus auf einem Bett herumzurollen. Das schien Ewigkeiten her zu sein!

Sie kürzte den Weg quer über den Rasen des Vorgartens ab, und die überlangen Grashalme kitzelten ihre Fußgelenke. Als sie zur Haustür kam, zögerte sie. Dann zog sie langsam die Hände aus den Taschen. „Ohne etwas anzufassen, werde ich wohl kaum hineinkommen", murmelte sie. Ihre Finger zitterten, als sie nach ihrer Handtasche griff und ihren Schlüssel herauszog.

/ HOFFENTLICH HAT DIESER NUNAN /

Dieser Nicht-ihr-Gedanke fühlte sich nach ihr selbst an. Wenn Anthony Recht hatte – was wahrscheinlich war, so verrückt es auch sein mochte –, hatte sie gerade einen Fingerabdruck berührt und einen Gedanken der Person aufgenommen, die diesen Fingerabdruck hinterlassen hatte. Den Gedanken, den die Person im Moment des Fingerabdrucks gedacht hatte.

Raes Herz schlug einen Salto. Darum fühlte sich dieser Gedanke so nach ihr an: Es war ihr Schlüssel. Und der Fingerabdruck darauf stammte von ihr. Deshab empfing sie jetzt den Gedanken, den sie an diesem Morgen bereits gedacht hatte, als sie die Tür abgeschlossen hatte.

Oh, Gott! Es stimmte also tatsächlich! Nicht, dass sie Anthony nicht geglaubt hätte! Wie auch, nachdem er ihr den Beweis geliefert hatte. Aber anscheinend hatte sie es bisher nur mit dem Kopf realisiert. Und jetzt begriff sie es mit jeder Faser ihres Körpers.

Sie schloss die Tür mit dem Schlüssel auf und fasste nach dem Türknauf. Aber noch in der Bewegung erstarrte sie. *Tu es einfach,* befahl sie sich. Dann legte sie vorsichtig ihre Finger auf das Metall.

/ **Rae, diese Hure** / *sollte zu Hause sein* / Mmh, Jeffy! / **Termin um drei** / lebend aus der Hölle zurückgekehrt / **soll sie büßen** / *kahle Stelle* /

Sie fühlte, dass ihr die Tränen kamen. Genau wie vorhin bei Anthony. „Ich bin nicht verrückt", flüsterte sie. „Ich. Bin. Nicht. Verrückt." Denn jetzt wurde ihr alles klar: ‚Mmh, Jeffy!' und ‚lebend aus der Hölle zurückgekehrt' fühlte sich deswegen nach ihren eigenen Gedanken an, weil es ihre eigenen Gedanken waren. Und wer die anderen Fingerabdrücke hinterlassen hatte, war auch nicht allzu schwer zu erraten. Trotz des statischen Knisterns, das mitschwang. ‚Rae, diese Hure' und ‚soll sie büßen' stammten von Jesse. Das passte genau zu dem, was er gedacht haben musste, als er ihr Zimmer verwüstete. Und die anderen – süßer, alter, kahle-Stellen-bekommender Dad!

Anthony hatte die Sache auf den Punkt gebracht. Rae hätte vor Erleichterung und Freude schreien können. Sie hätte Lust gehabt, die Straße entlangzutanzen und jedem, dem sie begegnete, zu sagen, dass sie nicht durchgeknallt war. Aber ein solches Benehmen wäre für ein psychisch vollkommen gesundes Mädchen wie Rae Voight doch etwas merkwürdig gewesen.

Stattdessen ließ Rae ihre Finger wie bei einem Klavier über

den Türknauf spielen und klimperte auf den Fingerabdrücken wie auf einer Tastatur.
/ **Rae, diese Hure** / **soll sie büßen** / *kahle Stelle* / *kahle Stelle* / *kahle Stelle* / M<small>MH</small>, J<small>EFFY</small>*!* / M<small>MH</small>, J<small>EFFY</small>*!* /
Sie merkte, dass die Gedanken undeutlicher wurden, je öfter sie sie berührte. Was einleuchtend war. Jedes Mal wenn sie einen Fingerabdruck berührte, verwischte sie ihn ja auch ein wenig. Rae reckte sich so weit sie konnte in die Höhe. *Ich bin nicht verrückt*, dachte sie, als sie den oberen Teil der Tür berührte. Sie zog ihre Finger weg und drückte dann gleich wieder auf dieselbe Stelle. Der Gedanke kam sofort zurück – ‚Ich bin nicht verrückt' –, klar und deutlich, ohne Knistern.

Rae fügte auch dem Türknauf noch einen Ich-bin-nicht-verrückt-Gedanken hinzu. Sie sollten überall sein. Damit Rae jedes Mal wenn sie etwas berührte, wieder die erfreuliche Nachricht vernahm. Sie legte einen Finger auf den neuen Abdruck auf dem Knauf. Er war deutlich, aber trotzdem mit Knistern unterlegt. *Vielleicht taucht das Knistern ja da auf, wo sich schon viele ältere Fingerabdrücke befinden*, überlegte Rae. *Auf dem Türknauf gibt es unendlich viele Fingerabdrücke, aber am oberen Rand der Tür vielleicht nur den einen.* Sie nahm sich vor, diese Theorie bei Gelegenheit zu überprüfen. Vielleicht würde sie noch ganz andere Dinge herausbekommen, nachdem sie nun wusste, wie es funktionierte. Und nachdem sie wusste, dass sie nicht verrückt war.

Rae öffnete die Tür und trat ein. Sie warf ihren Rucksack ...
/ *JEFF* /
... auf das Sofa. Alles um sie herum sah jetzt irgendwie freundlicher aus. Sie war gesund. Sie war wirklich vollkommen gesund. Nein, sogar mehr als das. Sie war ... sie hatte ... sie hatte eine Gabe. So nannte man Leute mit parapsychologischen Fähigkeiten: im Besitz der Gabe.

Rae lief über den Flur zum kleinen Arbeitszimmer ihres Vaters. Sie wollte ihre Gabe noch ein bisschen ausprobieren. *Es ist wirklich verblüffend*, dachte sie, als sie sich in den ergonomisch geformten Sessel ihres Vaters fallen ließ und den Schreibtisch betrachtete. Was sollte sie zuerst ausprobieren? Einen Stift, beschloss sie. Ihr Vater war jemand, der ständig mit dem Stift auf die Tischplatte klopfte. Sobald er scharf nachdachte ... klopf, klopf, klopf. Sie nahm den nächstbesten Stift, der neben einem kleinen rosafarbenen Radiergummi lag, und fuhr mit den Fingern über dessen glänzende gelbe Oberfläche.

/ **nicht ganz sicher, ob es Rae besser geht** / **Arthur als Christ** / **verheimlicht mir etwas** / **Melissa** /

Er macht sich Sorgen, sobald er an mich denkt, erkannte Rae. Die Gedanken übermittelten auch ein wenig sein Gefühl, ein Gefühl von Sorge und Schmerz – was Rae bedrückte. Und als er an ihre Mutter Melissa dachte, war der Schmerz noch immer so frisch, als wäre sie erst letzte Woche gestorben, anstatt schon vor vielen Jahren.

Wie kann er, nach allem, was sie getan hat, noch so viel Gefühl für sie aufbringen?, dachte Rae. *Wie kann er sie noch lieben?* Rae ließ den Stift fallen. Sie beschloss, nichts weiter auszuprobieren. Es war irgendwie dasselbe, als wenn ihr Vater in ihrem Tagebuch lesen würde. Sofern sie ein Tagebuch schriebe. Sie fand es nicht richtig, in seinen Gedanken zu wühlen. Und außerdem würde sie dabei vielleicht nur auf noch mehr Sorgen stoßen oder auf noch mehr von diesem König-Arthur-Kram. Oder auf noch mehr Gedanken daran, wie sehr er seine vollkommene und tote Frau noch immer liebte.

Rae stand auf und ging zurück ins Wohnzimmer. *Ich muss Dad unbedingt klarmachen, dass ich gesund bin*, dachte sie. *Nicht dass er vor lauter Sorge um mich noch einen Herzinfarkt bekommt.* Aber die Wahrheit würde sie ihm ganz bestimmt nicht sagen. Ein Mensch, der wegen „paranoider Wahnvorstellungen" in eine Anstalt eingewiesen worden war, sollte lieber nicht durch die Gegend posaunen, dass das alles nichts weiter war als eine parapsychologische Fähigkeit.

Sie ließ sich auf das Sofa fallen und legte den Kopf auf die gepolsterte Lehne. Ihre Gedanken kehrten wieder zu ihrem Vater zurück. Wie eine Fliege, die sich immer wieder auf einen Donut setzt, egal wie oft man sie wegscheucht. Die letzten Monate mussten für ihn genauso höllisch gewesen sein wie für sie. Und diese Vorstellung war einfach grässlich.

Früher, als sie noch ein kleines Mädchen war – *sei ehrlich*, sagte Rae zu sich selbst. *Es war nicht nur, solange du ein klei-*

nes Mädchen warst. Du warst so, bis du zwölf warst: ein wandelndes Beispiel für den Begriff „alberne Gans". Früher also hatte sie, wenn sie sich mit ihrem Vater gestritten hatte, wenn er Geburtstag hatte oder Vatertag war oder was auch immer, kleine Bilder für ihn gemalt und sie ihm in die Manteltasche gesteckt. Plötzlich hatte sie den Drang, das auch jetzt wieder zu tun.

„Dann ist es eben albern", murmelte sie, als sie aufstand und in ihr Zimmer ging. „Aber es wird ihm gefallen. Und vielleicht macht er sich dann weniger Sorgen um mich." Sie ging zu ihrem Schreibtisch, schnappte sich den Zeichenblock und eine Hand voll Filzstifte und ließ ihre alten Gedanken und das Knistern durch sich hindurchlaufen. Sie betrachtete einen Augenblick lang das weiße Blatt, dann lächelte sie und begann zu malen, wobei die Filzstifte von Zeit zu Zeit quietschten.

Wenige Minuten später hatte sie eine Karikatur angefertigt, die ihren Vater als König Arthur zeigte. *Hallo Dad*, schrieb sie darunter. Dann riss sie das Blatt vom Block, faltete es zweimal und lief zum Zimmer ihres Vaters, bevor sie sich noch darüber ärgern konnte, wie albern sie sich aufführte.

„Zur Gewohnheit will ich mir das aber nicht machen", murmelte sie, als sie zum Schrank ihres Vaters ging und die Tür öffnete. Sie steckte das Bild in die Tasche seines alten Bademantels und wollte wieder gehen.

Doch dann blieb ihr Blick an der Pappschachtel im Fach

über der Kleiderstange hängen. In ihr befanden sich einige Gegenstände ihrer Mutter. Raes Vater hatte ihr gesagt oder sie eigentlich dazu gedrängt, hineinzugucken, wann immer sie wollte. Aber sie hatte die Schachtel noch nie aus ihrem Fach genommen.

Fingerabdrücke sind sehr haltbar, dachte Rae, und ein neugieriges Kribbeln überlief sie. Neugier gemischt mit Furcht. *Vielleicht empfange ich ein paar ihrer Gedanken. Dann könnte ich selbst erleben, wie sie wirklich war. Denn von Dad werde ich immer nur ein hübsches Märchen hören.* Sie trat von einem Fuß auf den anderen, überlegte. Sollte sie das wirklich tun? Wollte sie es tatsächlich wissen? Denn was immer sie herausfinden würde – es würde auf ewig in ihrem Gedächtnis haften bleiben.

Sie hatte keine Erinnerung mehr an eine Berührung ihrer Mutter, nicht an ihre Stimme und nicht, wie sie gerochen hatte. Dies hier war ihre Chance, ihre Gedanken kennen zu lernen und vielleicht sogar ihre Gefühle. Sollte sie diese Gelegenheit nicht nutzen? Rae nahm die Schachtel ...

/ **liebe dich, Melissa** / **vermisse dich** / **Süße** /

... herunter und öffnete sie, bevor sie es sich anders überlegen konnte. Sie setzte sich im Schneidersitz auf den Boden, stellte die Schachtel vor sich und betrachtete den Inhalt. Vorsichtig zog sie einen altmodischen Parfümzerstäuber hervor.

Rae rang nach Atem, als sie den ersten Gedanken empfing.

/ ***bekomme ein Kind*** /

Sie fühlte sich plötzlich ganz leicht. Und ihr Blut ... prickelte. Freude. Sie genoss eine geballte Ladung übergroßer Freude. Rae schloss die Augen. Das Gefühl war so intensiv, dass sie glaubte, der Boden unter ihr drehte sich.

Tränen stiegen ihr in die Augen, als das mütterliche Gefühl verklang. *Ich war erst ein winziges Pünktchen, und sie hat mich schon so geliebt,* dachte Rae.

Aber sie war verrückt. Vergiss das nicht, Rae. Sie war verrückt. Und nicht nur auf eine harmlose Weise, dass sie überall Einhörner und Gnome gesehen hätte. Sondern auf eine schreckliche und grausame Weise verrückt.

Aber – wenn sie es vielleicht doch nicht war? Wenn sie nur genauso war wie Rae und einfach nie herausgefunden hatte, was wirklich mit ihr los war? Diese Überlegung traf sie wie ein Keulenschlag. Das war zumindest denkbar. Rae hatte eigentlich gedacht, dass sie den Psycho-Defekt von ihrer Mutter geerbt hatte. Aber wenn sie in Wahrheit etwas ganz anderes von ihrer Mutter geerbt hatte? Ihre ... parapsychologische Fähigkeit?

Arme Mom! Rae erinnerte sich, wie viel Angst sie gehabt hatte, als sie zum ersten Mal bemerkte, dass fremde Gedanken in ihren Kopf eindrangen. Natürlich hatte man damals annehmen müssen, dass ihre Mutter verrückt war. Und natürlich hatte ihre Mutter vermutlich dasselbe gedacht.

Rae übermannte eine Welle des Mitleids für ihre Mutter. So stark, dass ihr Herz schmerzte. Auch wenn es dumm war, so etwas zu denken – es war die Wahrheit: *Ich wünsch-*

te, ich hätte es ihr sagen können, dachte Rae. *Ich wünschte, ich hätte es gekonnt ...*
Aber dann traf es sie wie ein Schlag: Wie hatte sie diese Tatsache auch nur für einen kurzen Augenblick vergessen können? Ihre Mutter – die Frau, für die Raes Herz ganz weich und empfindsam geworden war –, sie hatte etwas getan, was zu schrecklich war, um es sich vorzustellen. Und selbst wenn sie über Raes Fingerabdruck-Begabung ebenfalls verfügt hatte – das war keine Entschuldigung. Dafür *gab* es keine Entschuldigung.
Das Glück – die Freude, die sie gefühlt hatte, als sie den Fingerabdruck ihrer Mutter berührt hatte, versickerte in ihr. Wie schmutziges Wasser, das in einen Kanal abfließt. Rae wurde innerlich ganz taub. Gott sei Dank. Denn wäre sie nicht taub geworden, hätte es so wehgetan, dass sie niemals mehr zu weinen hätte aufhören können.
Rae legte den Parfümzerstäuber zurück in die Schachtel und schloss eilig den Deckel. Dann warf sie die Kiste in das Fach zurück und schloss die Schranktür.

Als es am nächsten Tag zur Mittagspause klingelte, dachte Rae keinen Augenblick daran, in die Cafeteria zu gehen. Stattdessen ging sie gleich zum Treppenhaus, denn sie brauchte ihre Ration Jeff – jetzt und gleich.
Ihre Fähigkeit, diese Gabe, die sie gestern so euphorisch gestimmt hatte, schien ihr heute weitaus weniger eine Gabe und ein Geschenk zu sein. Denn jetzt wusste sie, dass es

tatsächlich Leute gab – und zwar hier in der Schule –, die sie für eine Irre hielten oder zumindest für eine verhinderte Gemeingefährliche. Es war schlimm gewesen, als diese Gedanken auf so unerklärliche Weise durch ihren Kopf geschwirrt waren. Aber selbst mit dieser Erklärung – war es alles andere als tröstlich. *Wenigstens bist du nicht verrückt*, sagte Rae sich wieder. *Aber normal bist du eben auch nicht*, musste sie leider hinzufügen.

Die Tür zum Treppenhaus wurde geöffnet. Vor ihr stand Jeff. Er sah sie an, und sie sah ihn an. Und plötzlich war es, als zögen sich ihre Körper magnetisch an. Rae wusste nicht, wer den ersten Schritt gemacht hatte, aber einen Augenblick später lagen sie sich in den Armen. Und noch einen Augenblick später küssten sie sich – ein inniger, sanfter Kuss, der sie von Kopf bis Fuß durchwärmte, als würde sie in ein großes, weiches Badetuch gewickelt, das gerade aus dem Trockner kam.

Irgendwie – Rae wusste nicht genau wie, denn sie hatte absolut keine Kontrolle über ihren eigenen Körper –, gelang es ihnen, sich auf dem harten Zementboden niederzulassen. Ohne ihren Kuss zu unterbrechen, setzten sie sich auf die oberste Treppenstufe.

Jeff ließ seine Zunge über ihre Lippen gleiten, und sie öffnete ihren Mund, um ihn noch intensiver küssen zu können. Sie mochte es, wie er schmeckte. Und das Gefühl dabei: warm und feucht.

„Mmh, schmeckt nach Jeff", murmelte sie in seinen Mund.

Er lachte, wodurch Rae auch lachen musste. Trotzdem versuchten sie, ihren Kuss nicht zu unterbrechen. Ihre Münder umschmeichelten einander, hielten aber die ganze Zeit irgendwie Lippenkontakt.

Jeff ließ eine Hand an ihrem Arm hinabgleiten, dann umschlang er ihre Hand mit seiner. *Näher*, dachte Rae. Sie war zu berauscht, um noch sprechen zu können. *Ich will noch näher.* Sie wand ihre Finger, bis sie Jeffs Fingerspitzen berührten. Eine Flutwelle seiner Gedanken schlug zu ihr herüber und überrollte sie.

/ wusste, sie ist ein einfacher Fall / Nullen sind dankbar / wäre vielleicht schon am ersten Tag gegangen / guter Anfang / keine Verpflichtungen / oh / ja /

Sie wich zurück und riss ihre Lippen von Jeffs Mund.

„Was ist denn los?", wollte er wissen.

Rae sprang auf. Sie schluckte mühsam. „Ich will dich etwas fragen", sagte sie und zwang sich, ruhig und fest zu klingen. Normal eben.

Jeff stand ebenfalls auf und lächelte sie nachsichtig an. „Jetzt sag bitte nicht, dass du dir plötzlich nicht ganz sicher bist, was ich für dich empfinde. Dir muss doch klar sein, dass wir genau das Gleiche fühlen. Vom ersten Augenblick an ..."

Rae schüttelte den Kopf. „Das wollte ich dich nicht fragen." Ärger stieg jetzt in ihr auf, aber sie versuchte weiterhin ruhig zu klingen. „Die Frage lautet: Was sind das für Typen, die ein Mädchen an der Nase herumführen, das sie für eine Null halten?"

„Wie bitte?" Jeff blinzelte einige Male hintereinander.

„Ich meine, ich habe zwar keinen Abschluss in Psychologie, aber meinst du nicht, dass ein Junge, der glaubt, nur bei einer Null anzukommen – meinst du nicht, dass dieser Typ selbst auch eine Null sein muss?"

„Äh, doch, glaub schon", meinte Jeff.

„Und ich glaube das auch." Ohne ein weiteres Wort verließ Rae das Treppenhaus und lief den Flur entlang zur Toilette. Sie hätte gern geduscht. Lange und ausgiebig geduscht. Aber sie musste sich wohl mit Händewaschen zufrieden geben.

Sie riss die Toilettentür auf, achtete nicht auf die Gedanken und das statische Knistern und lief zu den Waschbecken. Gleich am erstem Becken stand Lea und trocknete sich die Hände mit einem Papierhandtuch ab.

„Wir müssen aufhören, uns auf diese Weise zu treffen", sagte Lea, als sie Rae sah. Sie warf ihr Papierhandtuch in den großen Metalleimer, winkte kurz und lief zur Tür. „Bis später!", rief sie.

„In Ordnung", antwortete Rae. Sie war froh, dass Lea nicht auf einen kleinen Plausch geblieben war. Darauf hätte sie im Moment keine Lust gehabt. Sie drehte den Wasserhahn am ersten Becken auf.

/ zum Glück ist Rae beim Mittagessen nicht aufgetaucht /

Rae erkannte den Beiklang dieses Gedankens auf Anhieb.

Er stammte zweifellos von Lea. Die Härchen in ihrem Nacken stellten sich auf, und ihr wurde klar, dass der kleine Angstschauer, den sie spürte, Leas Angst war.

Leas Angst vor Rae.

Rae starrte ihr Spiegelbild an, ihre großen Augen und ihr blasses Gesicht: *Ich werde niemals mehr so sein wie früher. Ich werde nie mehr denken können, dass die Leute im Großen und Ganzen in Ordnung sind. Ich werde immer wissen, was sich unter der Oberfläche abspielt. Ich werde immer die Angst und den Hass und ... die Lüge erkennen.*

Bei diesem Gedanken fühlte sie etwas in sich ersterben. Das kleine Stück Rachel, das ihr geblieben war, die Rachel, die Einhörner gemalt hatte und auch ein bisschen an sie geglaubt hatte.

Es ist jedenfalls besser, die Wahrheit zu wissen, sagte Rae sich. *Über Lea. Über Jeff. Über alle.*

Auch über denjenigen, der ihren Tod wollte – wer auch immer das war. Rae hatte versucht, nicht daran zu denken. Als würde das Problem verschwinden, wenn sie so tat, als existierte es nicht.

Aber so einfach ist es eben nicht. Dies ist eine Wahrheit, der du ins Gesicht sehen musst. Also verschließ dich nicht wie eine Auster, sondern reib dir den Sand aus den Augen, und überleg dir, was zu tun ist. Willst du vielleicht einfach abwarten und zusehen, ob derjenige es noch mal versucht? Oder willst du diejenige sein, die die Fäden in der Hand hält?

KAPITEL  ELF

Rae stand an der Bushaltestelle bei der Polizeiwache und sah die Straße entlang. Ein Bus, der in der Hitze flimmerte, kam auf sie zu. „Wehe, du bist nicht in diesem Bus, Jesse", murmelte sie. Sie sah auf ihre Uhr. Er kam fünf Minuten zu spät. Rae konnte das kaum glauben. Ihr kam es vor wie fünf Stunden.

Mit einem Quietschen hielt der Bus vor ihr an. Jesse sprang als Erster heraus, wobei er sich an einem Paar blauhaariger Damen vorbeidrängelte, die augenscheinlich mit diesem Exemplar eines jungen Gentlemans aus den Südstaaten überhaupt nicht zufrieden waren.

„Lass uns endlich gehen", drängte Jesse, als wäre er derjenige, der auf sie gewartet hätte.

Sie legten einen kleinen Spurt zur Polizeiwache ein. „Zuerst müssen wir herausfinden, wo sich die Asservatenkammer befindet, der Raum in dem die Beweisstücke aufbewahrt werden", sagte Rae. Sie betrat das Gebäude hinter Jesse und war froh, die Tür nicht selbst anfassen zu müssen. Der Gedanken-Cocktail, den sie dabei abbekommen hätte, wäre sicher nicht allzu angenehm gewesen.

„Lass mich mal machen", sagte Jesse und lief schnurstracks

auf den Empfangstresen zu. Rae blieb ein wenig im Hintergrund. Sie glaubte zwar nicht, dass sich der Typ mit der schrecklichen Halbglatzen-Frisur an sie erinnern würde. Aber es wäre dumm gewesen, es zu riskieren. Ein paar Augenblicke später kam Jesse wieder zu ihr. „Zweite Etage, rechts vom Aufzug, ein Stück den Flur entlang", sagte er.
„Wie bitte? Bist du etwa einfach hingegangen und hast gefragt: ‚Hallo, auf welcher Etage befindet sich denn bitteschön die Asservatenkammer?'", fragte Rae, während sie zum Aufzug gingen.
„Natürlich nicht", antwortete Jesse. Er klang entrüstet. „Ich habe ihm erzählt, dass mein Cousin heute im Beweismittelraum arbeitet und mir gesagt hat, dass ich vorbeikommen soll, damit er mir die zehn Dollar für das Geburtstagsgeschenk für unsere Großmutter geben kann."
„Nicht schlecht", meinte Rae. Sie ließ ihn auf den Liftknopf nach oben drücken und dann auf den Knopf zur zweiten Etage. Es gab Dinge, die sie einfach nicht wissen wollte. *Vielleicht sollte ich es so machen wie die alten Damen, die immer mit weißen Handschuhen herumlaufen,* dachte sie.
„Jetzt bin ich dran", sagte sie, als sich die Aufzugtüren öffneten. Sie atmete tief durch, dann trat sie hinaus. Jesse folgte ihr auf dem Fuß. Ohne zu zögern ging sie den Flur entlang. Am Ende befand sich ein gläserner Schalter wie bei einer Bank. Davor befand sich eine schmale Ablage, auf der eine Anmeldeliste und ein Stift lagen.
„Guten Tag." Rae wandte sich an den Mann hinter der

Scheibe. „Man hat uns gesagt, dass hier ein Getränkeautomat stehen soll."

Der Mann schüttelte den Kopf. „Erste Etage", sagte er.

Rae lächelte ihn an und sah ihm dabei in die Augen. „Danke", sagte sie. Dabei zog sie einen Streifen Kaugummi aus ihrer Tasche und schaffte es, ihn wie zufällig auf den Schreibtisch des Mannes fallen zu lassen. „Ich habe es gleich", sagte sie, bevor er sich rühren konnte. Sie lehnte sich durch das Fenster hindurch und berührte mit ihrer linken Hand so viel Fläche wie möglich ...

/ **Alans Prügeleien in der Schule** / **verdammter Papierkram** / **mit Alan reden** / **beim Bankautomaten vorbeigehen** / **der Junge schafft noch nicht mal die Sechste** / **Brot kaufen** / **Alans Lehrer anrufen** /

... während sie mit der rechten Hand nach dem Kaugummi griff. „Komm mit", sagte sie zu Jesse, als sie sich wieder auf den Weg zum Aufzug machte.

„Hast du etwas herausgefunden?", flüsterte er, als sie außer Sichtweite waren.

„Jedenfalls genug, glaube ich", antwortete Rae. Sie fand es erstaunlich, mit welcher Selbstverständlichkeit Jesse ihr diese Frage stellte. Als wenn er dutzende von Leuten kannte, die über ihre Fingerspitzen Gedanken aufnehmen konnten. Oder als ob es eine unbedeutende Kleinigkeit sei, die sie da von sich preisgegeben hatte. Wie zum Beispiel, dass ihre rotbraune Haarfarbe gar nicht echt wäre.

Natürlich hatte er Fragen gestellt, als sie ihm alles erzählt hatte. Sie war der Ansicht, dass er es wissen musste, wenn sie gemeinsam den bestmöglichen Plan entwickeln wollten. Und er hatte sie als Beweis etwa hundert Fingerabdrücke von sich berühren lassen. Und dann hatte er nur „Hey, cool" gesagt, als wäre sie eine Art Röntgen-Assistentin.

„Also, was jetzt?", fragte Jesse.

Rae dachte einen Augenblick nach. Zum Glück war immer noch niemand auf dem Flur. „Kannst du etwas älter klingen, wenn du telefonierst?"

„Aber natürlich", sagte Jesse mit tieferer Stimme. Und er klang tatsächlich ziemlich erwachsen.

„Okay, dann hör gut zu: Du gehst jetzt nach unten und rufst im Beweismittelraum an. Frag nach Walter Child. So heißt der Typ. Ich habe es auf seinem Schreibtisch gesehen. Sag ihm, dass du von der Schule aus anrufst und dass sein Sohn Alan sich geprügelt hat. Sag ihm, dass er vorbeikommen und Alan abholen muss, weil sie ihn nur in Begleitung seiner Eltern nach Hause lassen", sagte Rae. „Dann muss er für eine Weile seinen Raum verlassen – selbst wenn er sich nur um eine Vertretung kümmert. Ich schleiche mich hinein und …"

„Ich kenne den Plan, wie du dich vielleicht erinnerst", unterbrach Jesse sie.

„Sorry", sagte Rae. „Ich bin eben ein bisschen nervös."

„Ich komme so schnell wie möglich wieder nach oben", versprach Jesse.

„Nein", erwiderte Rae. „Wir dürfen auf keinen Fall beide erwischt werden! Du bist mein Ersatzspieler. Wenn mir etwas passiert, musst du etwas tun können."

„Na gut", meinte Jesse, allerdings zögerlich. „Ich nehme die Treppe. Mit den Aufzügen dauert es zu lange." Er wandte sich um und lief zur Treppenhaustür. Rae stellte sich neben einen Wasserbehälter, der außerhalb der Sichtlinie des Asservatenkammer-Typen lag.

Jetzt musste sie nur noch abwarten und zusehen, ob Mr Child anbiss. Es dauerte nicht lange. Etwa drei Minuten nachdem Jesse die Treppe hinuntergelaufen war, hörte Rae, dass eine Tür zum Flur geöffnet wurde. Sie drehte sich zum Wasserautomaten und beugte sich so darüber, dass ihr langes Haar einen Vorhang vor ihrem Gesicht bildete. Während die Schritte näher kamen, erlaubte sie sich einen raschen Blick. *Jawohl, da geht er, unser Walty*, dachte sie.

Sobald er durch die Treppenhaustür verschwunden war, lief sie zum Beweismittelraum. Sie ging davon aus, dass es einen Türsummer geben musste, um die neben dem Fenster liegende Tür zu öffnen, aber sie konnte ihn nirgends entdecken. Darum checkte sie kurz beide Richtungen des Flures, um sicher zu gehen, dass sie noch immer allein war. Dann kletterte sie durch das Fenster. Mit allen vieren auf dem Schreibtisch, ließ sie sich von dort aus halb springend, halb fallend auf dem Boden landen.

Rae hockte sich vor Walters Computer. Es gelang ihr, die Datei zu finden, in der die Fälle aufgeführt waren. Sie tippte Anthonys Namen ein, ignorierte dabei die Gedankenfragmente, die sie aufnahm, und Sekunden später erschien die Nummer des Behälters, in dem die Beweismittel zu diesem Fall enthalten waren. *Zum Glück ist es ein schneller Computer*, dachte sie. Geduckt eilte sie quer durch das kleine Büro und die rückwärtige Tür. Reihen langer Metallregale erstreckten sich im Lagerraum.

„Wie in einer Bibliothek", murmelte Rae, als sie die Karten an den Regalenden entdeckte, auf denen die Nummern der Behälter aufgeführt waren. Sie trabte den Gang entlang, in dem sich Anthonys Nummer befand, fand den Behälter, eine einfache Kunststoffkiste, und öffnete ihn. Einiger Krempel, der aussah, als könne man damit eine Bombe basteln, befand sich darin. „Bingo", flüsterte sie heiser.

Rae strich mit den Fingern über den Griff der Zange ...

/ *kaufe mir ein Motorrad* / *Rae umbringen, weil* / *explodiert mir hoffentlich nicht ins Gesicht* /

... die Taschentücher ...

/ *muss einen Bauchring mit Diamanten kaufen* / *wird verantwortlich gemacht werden* / *Fascinelli wäre sowieso früher oder später* /

... und den hölzernen Stab ...

/ *vielleicht nach Mexiko abhauen* / *diese Neue, Rae* / *bin aber nicht der Mörder* /

Rae hörte, dass die Tür des Büros geöffnet wurde. „Ich bin's. Jesse", rief eine Stimme, leise und ängstlich.

„Ich habe dir doch gesagt, du sollst nicht kommen", zischte sie.
„Der Typ ... Er kommt zurück ... Ich glaube, er hat seine Frau angerufen. Um sicher zu gehen", sagte Jesse atemlos. „Wir müssen hier raus. Und zwar schnell!"
Das ließ Rae sich nicht zweimal sagen. Sie knallte den Deckel auf die Kiste und lief los. Jesse folgte ihr im gleichen Tempo. „Weißt du genug?", fragte er.
„Das hoffe ich", antwortete sie.

„Unser Freund steht also auf Motorräder. Er weiß, dass Rae neu in der Gruppe ist. Möglicherweise hat er eine Freundin mit gepierctem Bauchnabel. Und er schwärmt für Mexiko." Anthony sah zu Jesse, der auf seinem Stammplatz an ihrem Stammtisch im Besucherraum saß.
Wir sind wirklich schon eine Art Stammtisch, dachte Rae.
„Klingt das nach irgendjemandem, den wir kennen?", wollte Anthony von Jesse wissen.
„David Wyngard", antwortete Jesse. „Der redet eigentlich nur von Motorrädern."
„Und Cynda", fügte Anthony hinzu. „Die ist überall gepierct."
„Warte mal. Cynda, wer ist das noch mal?", fragte Rae.
„Sie ist auch in unserer Gruppe. Du weißt schon: schwarz gefärbte Haare. Trägt meistens diese nachgemachten Army-Hosen", antwortete Jesse.
Rae wusste genau, von wem er sprach. „Die hatte mir an

dem Tag, als die Bombe explodierte, auch gesagt, ich sollte mal im Bad in den Spiegel sehen", erklärte sie. „Sie sagte, ich müsste den Lippenstift nachziehen oder so etwas. Oh, Mann! Sie hat dafür gesorgt, dass ich genau zur richtigen Zeit dort war!"

„Dann muss es also David gewesen sein", sagte Anthony. „Diese Sau! Der wollte mich also austricksen? Und ich dachte, wir wären Freunde. Beinahe jedenfalls."

„Ich habe einen Gedanken empfangen, in dem er zu sich selbst meinte, dass sie dich eines Tages sowieso wegen irgendetwas einsperren würden", sagte Rae.

„Klar. Ich laufe ja dauernd durch die Gegend und versuche Leute umzubringen", meinte Anthony.

„Ich verstehe aber immer noch nicht, warum er – oder Cynda – Rae aus dem Weg schaffen wollten", sagte Jesse.

„Könntest du vielleicht ein bisschen leiser sprechen?", fragte Anthony mit einem Blick zum Aufseher, der den Raum überwachte. „Ich weiß auch nicht, warum, aber sie haben es nicht allzu gern, wenn wir uns mit unserem Besuch darüber unterhalten, wie man Leute aus dem Weg räumt."

„Tut mir Leid", sagte Jesse, und eine feine Röte kroch ihm den Nacken hinauf. „Aber wie gesagt, ich verstehe es einfach nicht."

„Ich auch nicht", pflichtete Rae bei. „Vor meiner ersten Gruppenstunde bin ich noch nie einem von beiden begegnet. Darum können sie eigentlich gar nichts gegen mich haben."

„Aber es ging doch ganz speziell um dich. Das hast du jedenfalls so aufgenommen", meinte Anthony.

„Ja", sagte Rae.

Anthony strich sich mit den Fingern durchs Haar. Es war ein wenig fettig und ein bisschen lang, und das verlieh ihm unweigerlich einen Halbkriminellen-Look. „Bevor wir uns nicht ganz sicher sind, dass David der Richtige ist, sollten wir uns nicht damit aufhalten, das herausfinden zu wollen. Es ist ja nicht ganz ungewöhnlich, auf Motorräder zu stehen."

„Ich kann ihn morgen nach der Gruppenstunde mit zum *7-Eleven* nehmen", bot Jesse an. „Dann kann Nunan ihn sich ansehen."

„Klingt vernünftig", meinte Anthony.

„Und was ist mit Cynda?", fragte Rae. „Sie kann mit der Sache doch auch etwas zu tun haben."

„Vielleicht aber auch nicht", antwortete Anthony. „Obwohl sie sich wie eine Nahkämpferin anzieht, ist sie ein Waschlappen. Ich habe einmal gesehen, wie David eine Spinne für sie einfangen und aus dem Fenster werfen musste. Sie wollte sie nicht in ihrer Nähe haben, und umbringen konnte sie sie auch nicht."

„Nachdem ich Nunan dazu gebracht habe, David zu identifizieren, können wir uns um Cynda kümmern", sagte Jesse.

„Vielleicht ist David ja gar nicht unser Mann."

„Ich komme morgen jedenfalls mit", sagte Rae zu Jesse.

„Nein!", riefen Anthony und Jesse gleichzeitig.

„Du kennst David überhaupt nicht, und dass du seit Ewigkeiten mit Jesse befreundet bist, kann man auch nicht sagen. Es wäre viel zu verdächtig, wenn du mitkommen würdest", erklärte Anthony. „Jesse war ein paar Mal mit David und mir im *7-Eleven*. Es ist also nicht verdächtig, wenn er David dorthin lotst."

Rae nickte widerwillig. Die Sache leuchtete ihr ein. Aber besonders glücklich machte sie die Vorstellung, dass Jesse und der mögliche Möchtegern-Killer zusammen einen *Slurpee* tranken, auch nicht.

„Ihr solltet jetzt lieber gehen. Meine Ma kommt vielleicht noch vorbei, darum ..." Anthony beendete seinen Satz nicht. Es war klar, dass er nicht wollte, dass sie seine Mutter trafen.

Was ist ihm daran denn so peinlich?, dachte Rae. Sie konnte sich nicht vorstellen, dass jemand, dessen Mutter keine Mörderin war wie ihre, damit Probleme hatte. Sie hätte alles für eine Mutter gegeben, die einfach nur ein bisschen zu laut sprach oder sie vor den Augen sämtlicher Freunde abknutschte. Aber dass Anthony, Jesse oder sonst irgendwer jemals die ganze Wahrheit über ihre Mutter erfuhr – das war einfach ausgeschlossen.

Rae seufzte und stand gleichzeitig mit Jesse auf.

„Bis nächstes Mal", sagte Jesse.

„Tschüss", murmelte Rae. Sie wollte noch etwas sagen, etwas wie „Dankeschön", aber alles, was ihr einfiel, kam ihr albern vor. Darum folgte sie Jesse einfach hinaus. Als sie das Erziehungsheim schon fast verlassen hatte, fand sie, dass sie ein Waschlappen gewesen sei.

„Ich – äh – ich habe meine Sonnenbrille vergessen", rief sie Jesse zu. „Komme gleich zurück." Ohne auf eine Antwort zu warten, drehte sie sich um und lief zurück ins Besucherzimmer. Sie wusste nicht, ob sie sich freuen sollte oder nicht, als sie sah, dass Anthony noch am Tisch saß.

Jetzt fass dir ein Herz, sagte sie zu sich selbst. Sie lief zum Tisch und fing – ohne sich noch mal zu setzen – an zu reden. „Ich wollte mich nur bedanken", sagte sie. „Was du da für mich tust – weißt du eigentlich, wie viel das für mich bedeutet?"

Anthony starrte sie an. Sein Gesichtsausdruck war undurchdringlich.

Rae setzte sich und beugte sich zu ihm. „Als ich diese Gedanken hatte, du weißt schon, diese Nicht-meine-Gedanken, dachte ich, dass ich vollkommen verrückt geworden sei. Deswegen bin ich ja auch ins Krankenhaus gekommen. Und jetzt zu wissen, dass ich ..." Sie schluckte mühsam und fuhr dann fort, wobei ihre Worte sich fast überschlugen: „Zu wissen, dass ich okay bin, eben nicht verrückt, verändert mein gesamtes Leben. Und das habe ich dir zu verdanken." Sie stand schnell auf. „So, das war's. Danke."

Ohne auf Anthonys Antwort zu warten, stürmte sie aus dem Zimmer.

KAPITEL  ZWÖLF

Am nächsten Tag sah Anthony Jesse durch den Besucherraum auf sich zurennen. Schon am Gesicht des Jungen konnte er ablesen, dass der Plan mit dem *7-Eleven* funktioniert haben musste. Jesse sah aus, als hätte er eine Glühlampe oder etwas Ähnliches verschluckt.

„David ist der Typ, dem Nunan das Gras mitgegeben hat", flüsterte Jesse, während er sich auf seinen Stammplatz fallen ließ. „Jetzt haben wir ihn."

Es geht ihn eigentlich gar nichts an. Aber er hängt sich hinein, als wäre er derjenige, der in Schwierigkeiten ist, dachte Anthony. Während der ganzen Angelegenheit hatte Jesse sich absolut bewundernswert verhalten. Er hatte Anthony zu hundert Prozent vertraut, was selbst Anthonys eigener Mutter nicht gelungen war.

„Wir haben jedenfalls etwas", stimmte Anthony zu. Er wollte Jesse nicht das Gefühl geben, dass er versagt hatte. Aber er sollte auch nicht denken, dass jetzt alles in Ordnung war. Damit hätte man ihn wie ein Baby behandelt, und wenn Jesse nur ein bisschen Ähnlichkeit mit Anthony hatte – was durchaus der Fall war –, würde ihn das total in Rage bringen.

Jesses Augen verdunkelten sich. „Wie meinst du das? David wird geschnappt. Und du kommst hier heraus."

Bevor Anthony es ihm erklären konnte, kam Bibel-Bob an ihren Tisch geschlendert. „Schön, dass du so viel Besuch bekommst", wandte er sich an Anthony. „Das ist nicht bei allen der Fall." Er legte Jesse eine Hand auf die Schulter. „Ist das dein Bruder?"

„Nee", antwortete Anthony. „Nur ein Freund."

„Stimmt", meinte Jesse, klang dabei aber nicht besonders fröhlich.

„Aber eine Art Bruder ehrenhalber", fügte Anthony hinzu. Jesse grinste. So breit, dass es Anthony fast wehtat, das zu sehen.

„Das sind die besten Freunde", sagte Bibel-Bob. Er warf einen Blick auf seine Uhr. „Aber in fünf Minuten müsst ihr trotzdem Schluss machen. Anthonys Gruppe deckt heute die Tische fürs Abendessen", erklärte er Jesse. Dann winkte er flüchtig und ging.

„Also, was meinst du damit, dass wir jedenfalls etwas haben?", fragte Jesse, sobald Bibel-Bob außer Hörweite war.

„Wir können den Bullen ja nicht einfach sagen, dass David die Bombe gelegt hat", erklärte Anthony. „Ohne Beweis werden sie uns das niemals glauben."

„Wenn's nur das ist ..." Jesse sah ausgesprochen selbstzufrieden aus. „Das ist doch kein Problem, Bruder. Rae stellte gerade die Beweise sicher."

„Was? Wo ist sie?", wollte Anthony wissen, und ein Schub Adrenalin schoss durch seinen Körper.
„Sie ist bei David", antwortete Jesse. „Ich hatte mitbekommen, dass David vom *7-Eleven* aus zu Cynda gehen wollte. Das habe ich Rae gesagt, und sie meinte, dass sie sich in der Zeit mal bei ihm umsehen würde. Ich wollte eigentlich mitgehen, aber sie meinte, dass man allein weniger leicht erwischt wird. Darum habe ich ihr nur gesagt, wo er wohnt. Und dann bin ich gleich hierher gekommen."
„Das darf ja wohl nicht wahr sein!", stöhnte Anthony, und in seinem Inneren ballten sich Angst und Wut zusammen. „David hat versucht, sie umzubringen. Und sie traut sich zu ihm nach Hause?" Er fühlte, wie sich das Herz in seiner Brust zu einem harten Klumpen zusammenballte. „Du musst sie unbedingt davon abhalten", befahl er Jesse.
Jesses Augen weiteten sich. „Dazu ist es jetzt zu spät."

„Ah, na toll", murmelte Rae, als sie in der Zufahrt zu Davids Haus ein Auto stehen sah. Als sie mitbekommen hatten, dass David noch eine Weile unterwegs sein würde und ihnen ein wenig Zeit zur Verfügung stand, waren Jesse und sie so begeistert gewesen, dass sie an irgendwelche anderen Familienmitglieder gar nicht mehr gedacht hatten.
Rae schüttelte den Kopf. Umkehren wollte sie nicht. Es musste eine Möglichkeit geben. Sie brauchte nur jemanden, der den- oder diejenige, die bei David zu Hause sein mochte, ablenkte, während sie sich umsah. Sie nahm ihr

Handy, ignorierte ihre alten Gedanken und wählte Jesses Nummer. Keine Antwort.

Wer noch? Wer kam sonst noch in Frage? Dann wurde ihr bewusst, dass sie vor Davids Haus stand und gaffte. Was nicht besonders intelligent war. Sie drehte sich um und schlenderte ziellos davon. *Das ist ein ganz gewöhnlicher kleiner Spaziergang, Leute*, dachte sie. *Kein Grund, den Nachbarschaftsalarm auszulösen.*

Ihre Finger umklammerten das Handy. Wer konnte ihr denn sonst noch helfen? Marcus auf keinen Fall. Das war verdammt noch mal sicher. Und Lea auch nicht. Die hatte ohnehin schon Angst vor ihr. Wenn Rae sie jetzt anrief und ihr mitteilte, dass sie ihre Hilfe bei einer nicht ganz legalen Aktion benötigte, würde sie völlig ausrasten.

Aber wer kam sonst noch in Frage? Plötzlich fiel ihr ein Name ein: Yana. Eigentlich kannten sie sich nicht gut genug dafür, dass Rae sie in diese Sache mit hineinzog. Aber neben Jesse, der nicht zu Hause, und Anthony, der im Erziehungsheim war, war sie die Einzige, der Rae genügend vertraute.

Für lange Überlegungen blieb keine Zeit, also wählte sie – sobald sie um die Ecke gebogen und damit außer Sichtweite von Davids Haus war – einfach ihre Nummer. Beim zweiten Klingeln nahm Yana ab. Rae berichtete ihr alles so schnell sie konnte: Wie Jesse und sie einiges herausgefunden hatten, das sie davon überzeugte, dass Anthony mit der Bombe wirklich ausgetrickst worden war, und sie jetzt nur noch den Beweis suchten, der ihn entlastete. Die Sache mit den Fingerabdrücken erwähnte sie nicht. Sie fand es schon belastend genug, dass Anthony und Jesse davon wussten. Außerdem brauchte sie jetzt unbedingt und dringend eine Freundin, bei der sie sich ganz normal fühlen konnte. Yana ging mit Raes Aufenthalt im Krankenhaus locker um. Aber das hieß nicht, dass sie auch auf Parapsychologie stand.

„Also, was meinst du?", fragte Rae, nachdem sie ihr Anliegen kurz erzählt hatte. „Machst du mit?"

„Was glaubst du denn?", rief Yana. „Ich wollte doch immer schon einer der *Drei Engel für Charly* sein."

Rae versuchte erst gar nicht, sich bei Yana zu bedanken. Ihr war klar, dass Yana das nicht wollte. „Ich stehe an der Ecke Madison und Winchesterstreet. Das ist ..."

„Ich weiß, wo das ist. Bin gleich da." Ohne sich zu verabschieden, legte Yana auf.

Rae behielt den Hörer in der Hand und versuchte so auszusehen, als wäre sie mitten in einem wichtigen Telefongespräch. Nur falls einer sich fragte, warum sie hier durch die Gegend lief, wo sie doch noch nicht einmal einen Hund dabeihatte.

Sie musste nicht lange warten. Etwa zehn Minuten später kam Yanas gelber Käfer um die Ecke gedüst. Nicht gerade unauffällig, aber immerhin – Yana war bei ihr. Und das allein zählte.

Yana parkte und sprang aus dem Auto. „Ich habe einen

Plan", verkündete sie, bevor Rae etwas sagen konnte. „Zeig mir mal das Haus."

„Erfahre ich vielleicht auch was über diesen Plan?", fragte Rae, während sie sie um den Häuserblock herumführte.

„Nee. Du sollst mir einfach vertrauen." Yana grinste.

Und Rae musste zurückgrinsen. „Jemandem mit so einer hübschen Happy-Burger-Uniform muss man einfach vertrauen."

„Du wirst es kaum glauben, aber ich arbeite da", antwortete Yana und guckte angewidert auf den großen lila Smiley-Button, der an ihrem Kragen steckte. „Ich habe das Zeug angezogen, weil ich dachte, dass es eine gute Tarnung wäre. Typmäßig, meine ich."

„Echt schlau", sagte Rae. „Aber jetzt mal im Ernst: Dieser Plan. Wie lautet er?"

„Vertrau mir. Das habe ich dir schon mal gesagt. Ich muss bloß wissen, ob dieser David eine Freundin hat", sagte Yana.

„Allerdings. Sie heißt Cynda", antwortete Rae. Obwohl sie den Plan nicht kannte, begann sie langsam daran zu glauben, dass Yana und sie die Sache schon schaukeln würden. Offenbar übertrug sich der Yana-Kick auf sie. Dieses Mädchen war wirklich taff.

„Mehr brauche ich nicht zu wissen", sagte Yana.

„Gut. Jetzt sind wir nämlich auch da." Rae deutete mit dem Kinn auf das schnuckelige kleine Haus mit dem honigfarbenen Anstrich. Dafür, dass ein Killer darin wohnen sollte, sah es viel zu gemütlich aus.

„Was auch immer ich jetzt gleich sagen werde: Du darfst mich auf keinen Fall verbessern", beschwor Yana sie, während sie den Kopfsteinpflasterweg entlang auf das Haus zugingen und zweimal klingelten. Eine Frau mit gelbem – gelbem! – Haar öffnete die Tür. Rae nahm an, dass sie Davids Mutter war. Im gleichen Moment, als Mrs Wyngard Yana ansah, begann deren Unterlippe zu zittern. „Wo ist er? Wo ist David? Sie müssen es mir unbedingt sagen", bettelte sie.

Zwischen Mrs Wyngards Augenbrauen erschien eine steile Falte. „Er ist nicht zu Hause", antwortete sie. „Kann ich etwas für dich tun?" Mrs Wyngard hoffte offenbar, dass Yana jetzt „Nein" sagen würde. Stattdessen schob Yana sich ins Haus und zog Rae mit sich.

„Na ja, also einen Sitz fürs Auto werden wir auf jeden Fall brauchen. Und Fläschchen und so natürlich auch. Und Pampers", rasselte Yana los.

„Was?", rief Mrs Wyngard aus. „Pampers? Wozu?"

Yana stützte ihre Hände in die Hüften. „Dann hat er es Ihnen also doch nicht erzählt? Er hatte mir versprochen, dass er es tun wollte. Und er hat versprochen, heute mit mir einkaufen zu gehen und einen Kinderwagen auszusuchen. Aber er hat sich nicht blicken lassen." Sie begann so lautstark zu heulen, dass Rae hätte schwören können, dass man es in den nächsten Häuserblocks noch hören konnte.

„Willst du mir damit vielleicht sagen ...", begann Mrs Wyngard.

„Ich will Ihnen sagen, dass Sie Großmutter werden. In etwa sieben Monaten", fiel Yana ihr ins Wort. „Und diese Cynda – die ist jetzt Geschichte."
Rae unterdrückte mühsam einen hysterischen Lachanfall. Yana war einfach umwerfend!
„Entschuldige mal, aber wie heißt du eigentlich?", fragte Mrs Wyngard verwirrt.
„Ich ... oh, Gott! Ich glaube, ich muss mich schon wieder übergeben. Wo ist die Toilette?", platzte Yana heraus.
„Erste Tür rechts", antwortete Mrs Wyngard und zeigte in den Flur.
„Komm mit", sagte Yana zu Rae. Sie packte Rae am Ärmel. Gemeinsam hasteten sie über den avocadogrünen Teppich zur Toilette. Rae schloss die Tür hinter ihnen. „Oma Wyngard, könnten Sie mir vielleicht ein paar Salzkräcker besorgen?", rief Yana und ließ sich auf den lila Toilettendeckelbezug aus Plüsch fallen.
Aus der Diele klang ein unterdrückter Laut, der sich halb nach einem „Ja" und halb nach einem Stöhnen anhörte. „Ich bleibe hier und mache Geräusche, als müsste ich mich übergeben", flüsterte Yana. „Du durchsuchst in der Zeit Davids Zimmer. Sie wird denken, dass du die ganze Zeit bei mir bist."
Rae öffnete die Tür, sah den Flur entlang und stahl sich dann hinaus. Auf Zehenspitzen und ohne auf dem Teppichboden das geringste Geräusch zu machen, lief sie zur nächsten Tür und warf einen Blick in das Zimmer. Es war

ein Saustall. *Hier muss es sein,* dachte sie. Sie huschte in Davids Zimmer und schloss die Tür ...
/ *Cynda und ich* /
... hinter sich. Himmel! Wo sollte sie bloß anfangen? Unter dem Bett, überlegte sie. Sie verzog das Gesicht, während sie sich bäuchlings auf Davids Teppich legte. Überall lagen dreckige Klamotten herum, und sie hatten allesamt einen schrecklichen Der-Typ-hat-lange-nicht-mehr-geduscht-Gestank. Sie streckte beide Arme unter das Bett und tastete herum.
/ *Kondome kaufen* / *Hundefutter* / *bescheuerte Gruppentherapie* /
Nichts, was sie hätte brauchen können. Rae richtete sich auf und sah sich noch mal in dem ganzen Müll um. Auf Davids Kommode stand eine Coladose. Sie fiel Rae auf, weil sie aufrecht aus einem Haufen Krempel herausragte. Automatisch ging Rae auf sie zu. Sie hatte mal in einem Geschenkeladen eine Coladose gesehen, eine Attrappe allerdings, die sich in der Mitte aufklappen ließ. David war genau der Typ, der solche Sachen mochte.

Rae fasste die Dose mit den Fingerspitzen und drehte sie hin und her. Schließlich ging sie auf. In ihrem Inneren befand sich ein Haufen graues Pulver. Rae roch daran. Ja. Schwarzpulver. Rae schloss die Dose wieder. Vorsichtig, ganz vorsichtig strich sie über ihre Oberfläche, um keine Fingerabdrücke zu verwischen und selbst keine zu hinterlassen.

/ jede Menge Kohle / hier herauskommen / niemals gefasst werden /

Das glaubst auch nur du, Freundchen, dachte Rae. Sie steckte die Dose in ihren großen Leinenbeutel, den sie extra für diese Beweismittelsammlung ausgeleert hatte.

„Hier sind die Kräcker", hörte sie Mrs Wyngard vom Flur aus rufen.

„Legen Sie sie bitte vor die Tür", antwortete Yana. „Und wenn Sie noch etwas *7up* hätten – ich glaube, das könnte mir gut tun." Laute Rülpslaute folgten. Dann hörte Rae, wie sich die Schritte eilig wieder vom Bad entfernten – und von Davids Zimmer. *Danke, Yana,* dachte Rae. *Auch wenn du nicht willst, dass man sich bei dir bedankt.*

Rae durchsuchte noch schnell die Schubladen der Kommode. Sie waren fast leer, was keine Überraschung war, da sich sämtliche Kleidungsstücke, die David besaß, offenbar auf dem Boden befanden. Rae ging in die Hocke und sah unter die Kommode. Ein halber Hundeknochen lag dort und ein angenagtes Stück Holz. Das Holz hatte die gleiche Größe wie das Stück, das bei dem Material für die Bombe gelegen hatte. Mit einem Seufzen legte Rae sich wieder auf den Bauch. Sie steckte ihren Arm in den schmalen Spalt unterhalb der Kommode und bekam das Holz mit den Fingerspitzen zu fassen.

/ Hoffentlich weiß ich auch wirklich, wie das geht /

Als sie ihre Hand zurückziehen wollte, kratzte sie über etwas Raues. „Mist", murmelte Rae. „Das war mindestens eine Hautschicht." Sie ließ das Holzstück los und versuchte herauszufinden, woran sie sich gekratzt hatte. Anscheinend eine defekte Stelle in den Holzdielen. Versuchsweise drückte sie darauf, und eine dünne Latte schnellte gegen ihre Hand.

„Ich glaube, mir dämmert was", flüsterte Rae. Ihr Magen fühlte sich an, als führe sie mit einem Aufzug abwärts. Und zwar mit Schallgeschwindigkeit. Sie rollte sich auf die Seite und steckte ihre Finger in den kleinen Spalt, den das Holz verdeckt hatte. Sie fühlte etwas Weiches. *Anscheinend noch mehr Taschentücher*, überlegte sie. Es gelang ihr, ein Stück Papier zwischen die Finger zu bekommen und aus dem Loch herauszuziehen.

Es waren aber keine Taschentücher. Es war Geld. Ein ganzes Bündel Hundert-Dollar-Noten. Rae fächerte die Scheine auf. Dann fuhr sie vorsichtig mit dem Finger über das Metall des schweren silbernen Geldschein-Clips.

Unwillkürlich entrang sich ihrem Hals ein japsender Laut. Damit hatte sie nicht gerechnet. Niemand von ihnen!

***

Rae sah, dass Anthony auf sie zukam. Aber sie erhob sich nicht von ihrer Parkbank. Es war einfach zu komisch, ihn hier zu treffen. Nicht im Erziehungsheim. Nicht in der Gruppe. Einfach im ganz normalen Leben.

„Hallo", sagte er.

„Hallo", antwortete Rae. „Willst du dich setzen?" Die Worte kamen ein bisschen zögernd heraus. So als wollte sie nicht, dass er ihr zu nahe käme. Was nicht stimmte. Jedenfalls nicht ganz. Es war nur so, dass dieser Junge einfach zu viel von ihr wusste.

Du weißt aber auch einiges über ihn, erinnerte sie sich selbst, während er sich steif neben sie setzte. *Zum Beispiel, wie er über seinen Vater denkt.*

„Ist Jesse noch nicht da?", fragte Anthony. Er klang ebenfalls unbehaglich.

„Nein. Oder siehst du ihn hier irgendwo?", entgegnete Rae. Himmel, was war sie für eine Hexe! Das hatte Anthony nun wirklich nicht verdient. Aber abgesehen davon, dass sie nervös schien, weil er in ihrer Nähe war, war sie immer noch ziemlich durcheinander wegen dem, was sie in Davids Zimmer gefunden hatte.

„Mit diesen Sachen, die du an Mrs Sullivan geschickt hast ... das hat ja schnell funktioniert", meinte Anthony. Er streckte einen Arm auf der Banklehne aus, dann zog er ihn schnell wieder an.

„Ja. Wahrscheinlich hat die Polizei ziemlich schnell herausgefunden, dass das Schwarzpulver und das Holz identisch waren", antwortete Rae. „Außerdem waren Davids Fingerabdrücke auf dem Geld und den anderen Dingen. Ich habe ihnen in der Notiz, die ich in den Umschlag gesteckt habe, gesagt, sie sollten die Fingerabdrücke mal überprüfen."

„Jetzt müssen wir uns nur noch überlegen, wie wir nachweisen können, dass David dich wirklich umbringen wollte", sagte Anthony. „Er wird wegen der Bombe ja wahrscheinlich erst mal ins Gefängnis kommen. Aber irgendwann kommt er wieder heraus, und zwar in nicht allzu langer Zeit. Und wenn es so weit ist, wirst du dich nicht mehr sicher fühlen können."

Die Entdeckung, die sie in Davids Zimmer gemacht hatte, holte Rae wieder mit voller Wucht ein. Aber das wollte sie Anthony nicht merken lassen. Denn das war nicht sein Problem. Sie hatte dazu beigetragen, dass er in das Erziehungsheim gekommen war, und sie hatte dazu beigetragen, dass er wieder herausgekommen war. Jetzt waren sie quitt. Und so war es ihr am liebsten.

„Ich will dir ja keine Angst machen", fügte Anthony hinzu. „Du musst dir nicht ständig Sorgen machen. Aber irgendwann sollten wir doch darüber nachdenken."

„Ich habe keine Angst", sagte sie und scheuchte eine Biene von ihrem Gesicht. Warum hatte sie sich überhaupt darauf eingelassen, sich mit Anthony und Jesse zu dieser kleinen Feierlichkeit zu treffen? Irgendwie war es lächerlich! Sie hatte viel Wichtigeres zu tun. Zum Beispiel sich zu überlegen, wie sie ihr Leben retten konnte.

„Du hast keine Angst davor?", wiederholte Anthony.

„Pass auf, ich werde mich darum kümmern, wenn ich mich darum kümmern muss", antwortete Rae scharf. „Und ich werde dabei keine Hilfe brauchen."

Anthony schob die Hände in die Taschen. „Gut. Habe ich kapiert. Dann solltest du jetzt lieber gehen. Du willst doch sicher nicht, dass dich jemand aus deiner Schule mit mir und Jesse sieht."

„Oh, ja toll!", konterte Rae. „Was soll die Show? Wie du schon selbst sagtest, David kommt in den Knast. Darum brauche ich mir keine Sorgen zu machen, dass ..."

„Das ist doch Quatsch!", fiel Anthony ihr ins Wort. „Du musst vor Angst doch halb verrückt sein, wenn du dir vorstellst, dass der Typ, der dich umbringen wollte, in ein paar Monaten wieder frei herumläuft. Aber du willst dich keine Sekunde länger als nötig mit einem Typen wie mir abgeben. Darum riskierst du es lieber, umgebracht zu werden, als dir von mir helfen zu lassen." Er hob ihren Rucksack vom Boden auf und drückte ihn ihr in den Arm. „Hier. Mach dir nicht die Mühe, auf Jesse zu warten. Uns musst du keinen Gefallen tun."

Rae fasste den Rucksack nicht an. Sie starrte Anthony so lange an, bis er ihr widerwillig in die Augen sah. „Bist du noch nicht weg?", fragte er.

„Ich soll euch keinen Gefallen tun? Hast du das gerade gesagt?" Raes Stimme wurde bei jedem Wort lauter. „Was habe ich denn die ganze Zeit Bescheuertes gemacht, außer euch Gefallen zu tun?"

„Das war nur, weil du ein schlechtes Gewissen hattest", schoss Anthony zurück. „Und mit Recht! Denn wenn du deine große Klappe gehalten hättest ..."

„Fängst du schon wieder damit an?" Rae sprang auf. „Weißt du was? Ich glaube, ich werde deinen Rat auf der Stelle beherzigen. Ich bin weg." Sie schnappte sich ihren Rucksack.

/ DÄMLICHES KOLIBRI-MÄDCHEN /

Blitzschnell wandte sie sich wieder zu Anthony um. „Was ist ein Kolibri-Mädchen? Ist das eine Art Code oder was?"
Anthonys Herz machte einen kleinen Satz. Als wenn er eine Ohrfeige bekommen hätte. „Lass gefälligst deine Finger aus meinem Kopf, du Monster!", bellte er.

Monster! Das ist es also, wofür er mich in Wirklichkeit hält. Natürlich, was sonst? Marcus. Lea. Jeff. Die denken doch alle, dass ich eine Null bin oder eine gefährliche Irre. Und sie wissen noch nicht mal etwas von der Sache mit den Fingerabdrücken. Warum sollte es bei Anthony anders sein? Nach allem, was er von mir weiß?

Rae hängte sich ihren Rucksack über die Schulter und verbot sich zu weinen. Aber sie kam nur einen Schritt weit von der Bank weg, als Anthony nach einem der Riemen fasste und sie zurückzog.

„Du hast doch gerade gesagt, dass ich abhauen soll. Wieso lässt du mich jetzt nicht gehen?", sagte Rae, während sie sich wieder zu ihm umdrehte.

„Weil ich eigentlich nicht finde, dass du ein Monster bist", gab er zu. Seine Stimme klang rau, und sein Blick irrte unstet umher, als fürchtete er tatsächlich, sie verletzt zu haben.

„Das hast du aber gesagt. Also musst du es auch denken", antwortete Rae.

„Willst du glauben, was ich gesagt habe? Oder willst du glauben, was ich gedacht habe?", fragte Anthony. Er fuhr sich mit der Hand durchs Haar. „Ein Kolibri-Mädchen ist, na ja, eine aus der Elite." Er wischte sich mit einer Schuhspitze Schmutz von der Spitze des anderen Schuhs. „Hübsch, klug, reich. Alles zusammen."

„Oh", machte Rae. Sie verstand, was er meinte. Aber sie wusste nicht, was sie darauf antworten sollte. *Du darfst ihn nicht weiter glauben lassen, dass du nicht mit ihm gesehen werden willst, weil du so toll bist, weil du ein Kolibri bist und er ein Fink oder wie auch immer er sich im Oakvale-Institut mal genannt hat.*

Während sie nach Worten suchte, zupfte Rae Anthony kurz am Ärmel. „Es ist mir nicht peinlich, mit dir gesehen zu werden, oder mit Jesse. Aber es gibt für euch beide keinen Grund, euch um meine Probleme zu kümmern. Ich meine, ihr könnt doch nichts dafür. Es geht eigentlich um etwas ganz anderes als um die Rolle, die ich dabei gespielt habe, dass du ins Erziehungsheim gekommen bist. Ihr habt überhaupt nichts damit zu tun, dass ..."

„Du meinst, ich soll jetzt einfach gehen und dich einem Verrückten ausliefern, nur weil es nicht meine Angelegenheit ist?" Anthony klang wütend. „Für wen zum Teufel hältst du mich eigentlich? Jemand, der so etwas tun könnte, hat eigentlich kein Recht zu leben." Er setzte sich wieder hin und klopfte mit der Hand auf den Platz neben sich.

Rae zögerte, dann setzte auch sie sich wieder hin. Es wäre

schon gut, wenn sie all das nicht allein durchstehen musste. Und auch wenn sie ihn erst seit ein paar Wochen kannte, war Anthony genau der Typ, den sie sich zur Unterstützung wünschen würde.

„Also. Können wir jetzt irgendwie beweisen, dass David dich umbringen wollte, oder nicht?", fragte Anthony.

„Um David müssen wir uns keine weiteren Gedanken machen", begann Rae. Es tat gut, dass sie ihr Geheimnis aufdecken konnte, dass sie diese schreckliche Erkenntnis nicht mehr in sich tragen musste.

„Um wen denn?", fragte Anthony und sah sie mit seinen braunen Augen forschend an.

Rae holte eine kleine Papiertüte aus ihrer Handtasche. Mit den Fingerspitzen zog sie einen silbernen Geld-Clip heraus. „Das habe ich bei David gefunden. Der Clip hielt ein Bündel Geldscheine zusammen. Als ich ihn berührt habe ..." Raes Stimme begann zu zittern. Sie atmete tief ein, versuchte sich zusammenzunehmen.

„Als du ihn berührt hast ...", half Anthony weiter.

„Habe ich einen Gedanken von David empfangen", fuhr Rae fort. „Anthony, jemand hat David Geld gegeben, damit er mich umbringt. Ich weiß nicht, wer es war. Und ich bin mir ziemlich sicher, dass nicht mal David selbst es weiß. Aber wer immer es auch ist – er läuft irgendwo herum. Und ..."

Sie wischte sich verstohlen die Augen. Es gab nichts Schlimmeres, als vor anderen Leuten zu heulen. „Und woher soll ich wissen, wann er es wieder versuchen wird? Oder wer dann für den Job bezahlt werden wird?"

Rae warf einen Blick über ihre Schulter. Sie war mit einem Mal vollkommen verängstigt. Sogar in diesem Moment, während sie mit Anthony im Park saß, konnte jemand sie beobachten, der nur auf die Gelegenheit wartete, zuzuschlagen. Trotz der warmen Septembersonne begann sie zu zittern, denn ihr wurde klar, wie gefährlich ihre Welt geworden war.

Ich berühre deine Fingerprints – ich kenne deine Gedanken!

Eiskaltes Spiel

Ich berühre deine Fingerabdrücke. Und ich kenne deine Gedanken. Anthony sagt, es ist eine Gabe. Aber es macht mir Angst. Seit ich diese Gabe entdeckt habe, ist mein Leben in Gefahr. Und nicht nur mein Leben. Auch das Leben eines Freundes. Ich muss ihm helfen. Ich muss ihn finden. Wo ist er?

224 Seiten